伏木商店街の不思議

太田忠司

河出書房新社

伏木《ふしぎ》商店街の不思議　目次

ようこそ!
伏木
ふしぎ
商店街へ
伏木商店街
パワーマンタン!
伏木駅
CINEMA
メガネ
精肉
クリーニング
おもちゃ

31
26
25
MUSIC
28
KOBAN
29
23
30
27
24
22
21
19
たばこ
18
BOOKS
17
やさい
16
20
LIQUOR
YOUCHAN

装画・挿絵＝YOUCHAN（トゴル・カンパニー）
装丁＝川名潤（prigraphics）

伏木《ふしぎ》商店街の不思議

1 ジグラ鯛の秘密 ——鮮魚の石巻

いつも見慣れたショーケースに、見慣れない魚が並べられていた。

大きさは横に並んでいるゴマサバとたいして変わらない。全体に桜色で眼が大きい。尾びれと胸びれも大きく、ずんぐりとした体型とはそぐわない。

しかし一番奇異に感じられるのは、頭部から突き出している突起だ。いわゆる吻《ふん》と呼ばれる眼と口の間の部分が、竹べらのように飛び出しているのだ。

一言でいえば、なんともグロテスクな魚である。

わたしは興味に駆られて、おかみさんに訊いてみた。

「これ、なんて魚?」

「ああこれ? なんかねえ、ジグラ鯛っていうみたい」

「ジグラ鯛? 鯛なの?」

「どうかしらねえ。うちのひとが今朝、市場で仕入れてきたんだけど、正直よくわからないのよ」

たしかに色合いは鯛っぽいが、全体の形はどちらかというと寸詰まりのノコギリザメといった

感じだ。深海魚かもしれない。

「美味しいの？」

「それも、どうかしらねえ……ちょっと待ってね。ねえ、あんた」

おかみさんは店の奥にいたご主人を呼び出した。

「この魚、美味しいのかって」

「ああ、見た目は悪いけど美味いよ」

でっぷりとした体型のご主人は、にこやかな表情で言った。

「市場で刺身にしたのを食わせてもらったんだ。味は真鯛に近いね。淡白だけど歯ごたえもいいし」

鯛の刺身なら夫の好物だ。値段も鯛よりは安い。思いきって、言ってみた。

「このお魚、刺身にしてもらえる？」

「あいよ」

ご主人は気軽に応じてくれた。

その晩の献立はワカメの味噌汁に筑前煮、そして魚屋で買ってきた刺身だった。

「この刺身、美味いな」

普段は味のことなど何も言わずに食べているだけの夫が、珍しく褒めた。

「これ、鯛か。高そうだな」

「ううん、安売りしてたから」

どんな鯛かは説明しなかった。

「これなら毎日食べられる。また買ってきてくれ」

気に入ったものは、本当に毎日でも飽きずに食べつづけるひとなのだ。

わたしも刺身を食べてみた。

「な、美味いだろ？」

「え、ええ……」

頷《うなず》かないわけにはいかない雰囲気だった。

翌日、また魚屋に行った。

「あの魚、ほんとに美味しかったって褒められたわ」

「あらそう？　ありがとさん」

おかみさんは複雑な笑みを見せる。

今日もジグラ鯛が並んでいる。ただ、値段が昨日より少し高くなっていた。

「卸値《おろしね》が上がっちゃってね」

言い訳するように、おかみさんは説明した。少し考えたが、結局買わないで帰ってきた。

「なんだ、あの刺身は今日はないのか」

夕飯の席で、夫が不満そうに言った。

「せっかく今日もあれが食えると思って楽しみにしてたんだけどな」

「ごめんなさい。明日は買ってくるわ」

次の日、魚屋に行くと、ジグラ鯛の値段が更に上がっていた。

「ごめんね、毎日卸値が上がっていくのよ」

申し訳なさそうに、おかみさんは言う。躊躇《ちゅうちょ》したが、夫に約束した以上、買わないわけにはいかない。

その日の夕餉、夫は満足そうにジグラ鯛の刺身を口に運んだ。食の細い彼が珍しく美味しそうに食べてくれるので嬉しい。でもわたしは、箸が進まなかった。

「それ、食わないのか。だったらくれよ」

「いいわよ」

わたしの刺身まで食べてしまった。

「ありがとう。愛してるよ」

一瞬、自分の耳を疑った。結婚前だって「愛してる」なんて言われたことなかったのに。

その次の日、魚屋に行くと、ちょっとした行列ができていた。

近所の主婦たちが、こぞってジグラ鯛を買いに来ていたのだ。

ジグラ鯛の値段は最初の倍に跳ね上がっていた。真鯛より高い。それでも飛ぶように売れていた。わたしもあわてて一尾買い求めた。

刺身に下ろしたものを受け渡してくれるとき、おかみさんが真顔で言った。

「ねえ、これ、ほんとに美味しいと思う?」

わたしは答えに躊躇した。

「主人は好きなんですけど……」

「でも、あんたは好きじゃない、のね?」

「……ええ」

正直に頷く。わたしにはこの魚、どうにも美味しいとは思えなかった。おかみさんは言った。

「じつは、わたしもなの。うちのひとは美味い美味いって食べてるんだけど、わたしは嫌い」

「あら、わたしもよ」

他の主婦が言った。

「亭主が食べたいっていうから買いに来たけど、わたしの口には合わないわね」

「うちもよ。こんな魚、どこが美味しいんだか」

「まあ、おたくも？」

みんな一斉に喋りだす。どうやらどこの家庭でも同じらしい。

「でもね、これを食べさせると旦那がすごく喜んでね。『おまえのことが大好きだ。愛してる』なんて言ってくれてねえ」

などと、お惚気《のろけ》まで飛び出す。

「たしかに最近、うちのひとも優しくなってきたわね」

魚屋のおかみさんも言うのだった。

その日の夜、帰ってきた夫は見たこともないものを携えていた。薔薇《ばら》の花束だ。

「いつも家のことを頑張ってくれてるから」

満面の笑みでそう言って、わたしに渡してくれた。

「あ……ありがとう」

嬉しいんだか何だか、自分でも自分の気持ちがよくわからない。その日も夫は刺身を美味しそうに食べた。

そんな日々が数日続く。ジグラ鯛の値段も安定してきて、家計には響くものの、なんとかやり繰りして毎日買いつづけることができた。

そんなある日、いつものように魚屋から出てきたわたしに、

「ちょっといいですか」

話しかけてきたのは、すらりとした美人だった。

「あなたは今日、ジグラ鯛を買いましたか」

「え？　ええ」

「これまで何回、買いましたか」

「そうね……もう十日連続かしら」

「ご主人に何か変化はありませんでしたか」

「変化……」

「あなたに優しくなったとか、温厚になったとか」

「ああ、たしかに優しくなったかも。プレゼントなんて買ってくれたこともなかったのに、一昨日の誕生日には指輪をプレゼントしてくれたし。来週はドライブに行こうって」

「なるほどなるほど」

女性は満足したように頷く。どうやらこのひと、何か知っているようだ。

「あの、どういうことですか」

わたしが訊くと、

「お時間ありますか。よろしければお見せしたいものがあります」

少々不安ではあったけど、好奇心が勝った。車に乗せられ、よく知らないところに連れていかれた。そこは大きな工場のような建物だった。中に入ると、どこからか生臭い臭いが漂ってきた。

「ここは何ですか」

「養殖場です」

女性はわたしを工場内の巨大な水槽に案内した。中を覗き込むと、無数の魚が泳いでいる。

「ジグラ鯛です。ここで育てています」

「養殖魚だったんですか」

「ええ、ここで遺伝子操作によって作り出された魚です。この工場では将来の食料危機に備えて食用に適した新しい品種の開発と養殖を行っています。ジグラ鯛の他にも、いろいろと育てています」

女性が挙げた名前を聞いてびっくりした。最近見かける聞き慣れない名前のあの魚も、じつはここで作られていたものだった。

「わたしたちは食料としてだけでなく、人類の、いえ、正確には男性たちの改善を目指した食品としての魚も開発しました。それがジグラ鯛です」

「男性の改善？」

「ジグラ鯛の肝臓にはある種の神経伝達物質を作り出す機能があります。それは男性の嗜好《しこう》に合い、しかも間脳の脳下垂体からのフェニルエチルアミンの分泌を促進します。フェニルエチルアミンというのは別名『恋愛ホルモン』と呼ばれるもので、これが多く分泌されると恋愛初期と同じような精神高揚が顕著《けんちょ》となります。つまり惚《ほ》れ薬のようなものです」

「と言うことは、この魚を食べると――」

「男性は恋をしやすくなります。恋人や妻のいる男性なら、そのパートナーをより深く愛するようになる」

「まあ」

「心当たり、ありますよね」

「ええ……じゃあ、主人が最近優しいのは……」

「ジグラ鯛の効果です。この魚がもっと普及すれば、わたしたち女性にとって世界はより住みやすいものになるでしょう」

「そうでしょうね。あの、もしかしてこの養殖場を運営しているのは……」

「ええ、もちろん女性ばかりの団体です。わたしたちの目的は、おわかりですね？」

「わかります。とてもよくわかります」

「おわかりいただけて嬉しいです。そこであなたにお願いがあるのですが」

「わたしに？」

「わたしたちはジグラ鯛を実験的に販売して効果を確かめるとともに、活動を手助けしてくれる同志を探していました。じつはあなたのことも密かに調査させていただいています。あなたなら、わたしたちの活動に賛同し、協力してくれると信じています」

その言葉は、わたしの胸に響いた。

「何をすればいいんでしょう？」

「このひとと一緒に、働いてください」

気が付くとわたしたちの背後にひとりの女性が立っていた。

「……あなたは……」

あの魚屋のおかみさんだった。

「いやもうねえ、このひとたちの話を聞いて感動しちゃった。ジグラ鯛、売って売って売りまくるわよ。あなた、手伝ってね」

「……はい」

わたしは自覚した。この一歩が、わたしたち女性の真の解放への一歩なのだ。

水槽で水の跳ねる音がした。ジグラ鯛も喜んでいるような気がした。

2　青い百合　――つるや生花店

家に帰ると、珍しくテーブルに花瓶が置かれていた。

「これ、どうした？」

「花屋さんで見かけたの。珍しいから買ってきちゃった」

妻は上機嫌な声で言った。

花瓶に活けられているのは間違いなく百合の花だ。だが花弁は鮮やかな青色だった。

「青い百合なんて、見たの初めて」

夕飯の支度をしながら、私に話しかける。

「そりゃあ初めてだろうな」

私はビールをコップに注ぎながら言った。

「青い百合なんて、この世に存在しないんだから」

「え？　どういうこと？」

「花の青色というのは青色アントシアニンであるデルフィニジンが蓄積することで発色するんだ。でも百合の仲間にはデルフィニジンを作るのに必要な青色遺伝子が存在しない。うちの会社でも青いバラを作るために遺伝子操作でデルフィニジンを組み込んだりしてる。でも、こんなに鮮やかな青を発色させることは、まだできないでいるんだ」

「ああ、あなたの会社でも花の品種改良とかしてたわね。でも、じゃあこの百合は何なの？　誰かが青色の花が咲くように遺伝子操作したの？」

「そんな大掛かりなものじゃない。もっと単純な方法だよ。青色の染料を水に溶かして花に吸わせたんだ。つまりは着色」

「なあんだ」

ゴーヤーチャンプルを私の前に置いた妻は落胆したような表情を浮かべていた。

「珍しい花だって言われたから買ってきたのに、インチキなのね」

「一概にインチキとは言えないけどね。ただ店の人間が自然に青い百合が咲いたと言ったのなら、それは嘘だよ」

妻はつまらなそうに百合を見ていたが、

「でも、きれいだからいいか」

と自分を納得させるように言った。

翌日の土曜は休日だった。私は昼近くまで寝て、ブランチを食べ、散歩に出かけた。春らしい穏やかな日だった。どこという当てもなく歩きだしたのだが、足は自然と駅前の商店街に向かっていた。

家の近くにあっても、ほとんど覗いたことのない店ばかりだった。今日は少しゆっくり歩いてみた。

と、小さな店が眼についた。店頭に鉢植えの花がいくつか置かれている。その中に私の会社で開発した花苗もあった。

気になって近付いてみると、店の中に不似合いなくらい大きなショーケースがあって、そこに様々な花が収められているのが眼についた。中に一際目立つ青い花があった。

もしやと思い、店に入ってみる。

「いらっしゃいませ」

声をかけてきたのは、小柄な老婦人だった。売られている花とは逆に、地味な灰色のブラウスに黒いエプロン姿だ。でも品の良さそうな顔立ちをしていた。

「お花、ご入り用ですか」

「いえ……」

曖昧に答えながら、ショーケースの中を見た。思ったとおり、鮮やかな青色は百合の花だった。

「この百合、どうやって染めたんですか。インク？　それとも食紅を使ったんですか」

私の問いかけに、老婦人は百合に視線を移しながら、

「ああ、これね」

微笑んだ。

「染めたんじゃないんですよ。元からこういう色なんです」

「まさか。自然界に青い百合なんて存在しませんよ」

私が言い張ると、老婦人は困ったような顔になって、

「でもねえ、本当にそうなんです。ご覧になります？」

「何を？」

「青い百合が咲いてるところです。こちらへどうぞ」

言われるまま、店の奥に入った。小さなドアを開けると土間になっていた。稲荷《いなり》を祀った神棚《かみだな》が置かれている。

細長い建物だった。薄暗い土間に沿って普通の住居空間がある。そこを抜けるとまた小さなドア。

「ここです」

ドアの向こうは、ちょっとした花畑だった。一面に花が咲いている。

みんな、青い百合だ。

「これは……」

私は言葉を失くした。

「ここはね、主人の花畑なんです」

老婦人は言った。

「あのひとは本当に花が好きで、自分でも育ててたんですよ。それも、この百合ばかり。毎年丹精こめて育ててました」

「そのご主人は……」

「亡くなりました。去年です。最期まで百合のことを心配してて、『枯らさないでくれ。俺の代わりに育ててくれ』と言ってました。自分の寿命が尽きようとしてるのに、わたしのことなんか一言も心配せずに百合のことばかり。正直、腹が立ちましたよ」

老婦人は柔らかな笑みを浮かべた。

「でもね、いざ死なれてみると、この百合のことがやっぱり気になりました。あのひとの遺言だから、ちゃんと育てなきゃって思って。でも主人にしか育てられないものだと思ってたから、今年は咲かないいんじゃないかって思ってたんですよ。だけど、こうしてきれいに咲いてくれました。ほんと、よかったと思います」

私は老婦人の話を聞きながら、いろいろと考えていた。どうやったらこんな花を咲かせることができるのか。

「育てるときに何か特別なことをしているんですか。たとえば水やりのときに青い染料を混ぜているとか」

「そんなことしてません。普通の肥料と水で育ててますよ」

「でも、自然に青い百合が咲くなんて、信じられない」

私の言葉に、老婦人はただ微笑むだけだった。

結局、その青い百合をいくつか買って帰ってきた。

「あら、あなたもその百合、気に入ったの？　インチキだって言ってたのに」

妻が驚いたような顔をした。

「いや、調べたいんだ」

翌日、私はその百合を持って出社した。すぐに花苗事業部へ赴き、研究所で新種開発に携わっている同期の友人に会った。

「これを調べてくれ」

私が差し出した百合を、彼は胡散臭そうに見た。

「なんだ、染めた花なんて興味ないぞ」

「本当に染めたものなのかどうか調べてほしいんだ」

渋る友人を無理に説得して、百合を分析してもらうことにした。

数日後、友人は興奮しながら私の席に来た。「あの百合、誰が開発した？　どこの会社だ？」

「その言いかたからすると、染めたんじゃないんだな」

「違う。細胞内にフラボノイド水酸化酵素遺伝子の存在が認められた。つまりデルフィニジンが生成できるってことだ。しかもだぞ、これだけなら青というより紫色に近い花になるはずだが、あの百合はフラボンによるコピグメント効果で完璧な青を発色している。まだ俺たちの研究室では作り出せないでいる花だ」

「それって普通の園芸家が品種改良して作れるレベルなのか」

「馬鹿言うな。そんなので作れてたら俺たちが億単位の予算を費やしている意味がないだろ。相当のレベルの研究施設で高度な技術を持った人間がやらないと不可能だ。教えろ、この花を開発したのはどこの社だ？」

しつこく訊いてくる友人をなんとかあしらって、その場をしのいだ。まだ私ひとりで調べてみたかったのだ。

その日、退社すると私は花屋に向かった。あたりはすっかり暗くなっていたが、店はまだ開いていた。

「いらっしゃいませ」

老婦人は今日も笑顔で迎え入れてくれた。私は単刀直入に訊いた。

「あなたのご主人は、どうやってあの百合を開発したんですか。どこかの研究者だったんですか」

「研究者？　あのひとが？　まさか」

老婦人は笑った。

「学のない、何の取り柄もない、町の花屋でしたよ。ただね、空が好きなひとでした。雲ひとつない真っ青な空が」

私たちはまた、あの花畑に向かった。真っ暗だったが、老婦人が電灯を付けた。鮮やかな青い百合が、かすかな風に揺れていた。

「この百合もね、いつか青い色のものが咲けばいいなあって言いながら育ててたんですよ。花の中では百合が一番好きだった。好きな花が好きな色で咲いてくれるのが、あのひとの夢だったんでしょうね」

「ちょっと待ってください。ご主人が育てていたときは、百合は青くなかったんですか」

「ええ、どれも真っ白な花でしたよ」

「じゃあ、どうして……」

「あのひとの遺言なんです」

老婦人は言った。

「死んだら、百合と一緒に眠らせてくれって。わたしもお墓に入れるよりは、ずっと近くにいてくれたほうがいいと思って、言われたとおりにしました」

その言葉の意味を理解するのに、少しだけ時間がかかった。

「……それって、つまり……」

「百合の下に、主人はいます。百合の球根が伸ばす根に搦《から》め捕られて、水と一緒に吸収されて。この花が青くなったのは、それからなんですよ」

私は唖然《あぜん》としたまま、百合を見つめた。

青い百合が頷くように揺れた。風のせいではなかった。

3　星見る頃　――星降り屋鈴鹿

あの星を見た日のことを、僕はずっと忘れない。

手渡されたのは、小さな紙切れだった。

渡してくれたのは、鈴鹿のお兄さんだ。

「星を見においでよ」

「星？」

「見せてあげる。夏の星も、冬の星も、北極の星空も」

紙切れには「星見るお店　星降り屋鈴鹿　本日午後一時に開店」と書かれていた。

「なんなの、これ？」

「だから、店を始めたんだ。みんなに星を見せる店」

鈴鹿のお兄さんは、にっこりと微笑んだ。

「友達も連れておいでよ。楽しいよ」

紙切れを持ったまま、僕は家に帰った。

「何それ？　チラシ？」

母さんに訊かれたので、紙切れを見せた。

「ここ、ずっと空き家になってるところよね。鈴鹿さん、あそこで商売をするつもりかしら。でも、星見る店って何？」

「わかんない」

「でも面白そう。行ってきたら？　入場料ならあげるわよ」

「でも……」

「星、好きでしょ？」

「そうだけど……」

「戸丸《とまる》君と行ったら？　あの子も、星が好きだったわよね」

わかってる。この紙切れを見たとき、真っ先に思い出したのがソウタのことだ。ソウタならきっと、大喜びするはずだ。

でも、誘えなかった。

「まだ喧嘩《けんか》したままなの？」

母さんに言われた。

「早く仲直りしなさい」

「だって……」

「だってじゃないでしょ。小さい頃からずっと遊んでるくせに」

紙切れを持ったまま、ソウタの家に向かった。でも、家の前まできたけれど、インターフォンを押せなかった。

わかってる。あのときは僕が悪かった。でもソウタだって悪いんだ。だから……。

玄関のドアが、いきなり開いた。

「あ」

「あ」

出てきたソウタが、びっくりしたような顔で僕を見た。きっと僕も、同じような顔をしていたはずだ。

ソウタも同じ紙切れを持っていた。

「もしかしてそれ……鈴鹿のお兄さんにもらった?」

「……うん」

僕は頷く。

「午後一時、もうすぐだよね」

「……うん」

「行く?」

「……うん」

ソウタはにっこりと微笑んだ。それで僕も、やっと気持ちが楽になった。

ふたりで商店街に向かう。小さい頃から何度もこうして一緒に行った。お菓子を買ったり、お遣いに行ったり。いつもソウタと一緒だった。だからこの商店街のことは、何でも知っているつもりだった。でも……。

「……ここ、だよね？」

「みたいだね」

紙切れに書いてあった場所にあったのは、僕らが生まれる前から空き家になっている、今にも壊れそうな建物だった。雨戸が閉められたままで、中を見たことがない。

「やあ、来たね」

声をかけられて振り向くと、鈴鹿のお兄さんが立っていた。

「おいで。星を見せてあげる。あ、お代は見てのお帰りだよ」

よっこいしょ、とお兄さんは雨戸を開けた。中は、よく見えない。

僕とソウタは顔を見合わせる。ちょっと、怖かった。

でも、勇気を出して中に入った。

お兄さんが僕らを連れていったのは、建物の中の奥の部屋だった。そこは本当に真っ暗で、何も見えなかった。

「ちょっと待っててくれよ。今、準備するから」

そう言うと、お兄さんは部屋を出ていく。遺された僕たちは真っ暗な中、互いの顔も見えないままだった。

「どうする？」

不安になった僕が訊くと、

「待つしかないよ」

ソウタは答えた。

「変な臭いするよね」

「換気してないんだ。黴《かび》臭い」

「空気、湿っぽいよね」

「だから換気してないからだよ。あのさ」

「なに？」

「この前の、ごめん」

いきなりソウタに謝られた。

「俺が、悪かった」

僕のほうが謝りたかったのに、先に言われてしまった。どう答えたらいいのかわからなくて、

「……うん」

とだけ言った。

「許してくれるか」

「うん」

「よかった」

本当に、ほっとしたような声だった。

言わなきゃ。僕も悪かった、ごめんって。でも勇気を出して言おうとしたとき、

「もうすぐ、さよならだ」

ソウタが言った。

「え？」

「さよならだ。引っ越すんだ」

「どうして？」

「わからない。昨日、父さんに言われた。だから――」

そのとき、暗闇にひとつ、オレンジ色の光が灯った。

――これは、今から三時間後の太陽です。

どこからか、鈴鹿のお兄さんの声が聞こえてきた。

――今日の日の入りは午後五時五十八分。そこまで時間を進めてみましょう。

オレンジ色の光がゆっくりと落ちていく。そして目の高さまで下りたところで消えた。

気が付くと、真っ暗だった頭の上に、いくつかの小さな光が輝きだしていた。

――今夜、真っ先に見えるのは木星です。場所はここ。

矢印が出てきて、空を差した。光の点が拡大して、縞模様の星になった。

――木星は直径が地球の十一倍、重さは三百十八倍。しかしそのほとんどがガスであり――。

「知ってるよ」

ソウタが言った。

「木星は水素でできてるんだ」

――そうか、戸丸君には釈迦に説法だったね。

お兄さんは笑った。

――じゃあ他の星を見てみよう。木星の近くで光っているのが、こいぬ座の一等星プロキオン。その隣の赤い星はオリオン座のペテルギウス。これとおおいぬ座のシリウスを結んでできるのは?

「冬の大三角形!」

――そのとおり。じゃあ、シリウスの近くに行ってみようか。

「行けるの?」

――もちろん。さあ、出発しよう。

お兄さんがそう言ったとたん、空の星がものすごい勢いで流れはじめた。違う。僕たちが動き出したんだ。星の光が渦になって、僕らのまわりで踊りだした。

「わあ」

ソウタが声をあげた。気が付くと頭の上だけじゃなくて、足下にも光が流れていた。

「これ、プラネタリウム? でも、科学館のプラネタリウムでもこんなの、見たことない」

――だって、本当に星の世界を旅しているんだからね。今、君たちは光よりも速く飛んでいる。さあ、見てごらん。

目の前に大きな青白い星が現れた。氷のように冷たい光が僕の顔を照らした。

「これがシリウス?」

――そう。地球から見える恒星の中では太陽の次に明るい星だ。おおいぬ座の神話を知っているかな?

「うん。どんな獲物でも捕まえられる猟犬なんだよね」

――そうだ。その猟犬ライラプスが絶対に捕まえられない狐を追いかけて石になり、大神ゼウスがそれを憐れんで空に上げ、星座になった。そのまま追いかけ続けていたら、ライラプスは狐を捕まえられただろうか。どう思う？

「うーん……わかんない」

僕も、わからなかった。

——そうだね。どうなったかわからない。でも、物事には必ず終わりが来る。永遠に変わらないものはない。星だって。

突然、目の前のシリウスがはじけた。

——星にだって寿命がある。いつかは消えていく。

まわりの星たちが次々にはじけて消えていく。また僕らは真っ暗な中に置いていかれた。

——すべてのものは、変わっていくんだよ。でもね、君たちはまだ、ここにいる。

「でも、僕たちも変わっていくんだよね？」

僕が訊くと、

——そうだね。だけど、今はここにいる。そのことは忘れないでいてほしい。

僕はソウタのいるほうを見た。暗かったけど、きっとソウタも僕を見ていると思った。

——さあ、もっと旅を続けよう。星はまた、生まれて輝くから。

お兄さんはそう言って、僕らを連れて行ってくれた。大きなマゼラン大星雲。きれいなバラ星雲。たくさんの星が集まったすばる。星が生まれているところ。星が死んでいくところ。星の名前をいっぱい教えてもらった。アルデバラン、アルクトゥールス、カノープス、フォーマルハウト。

——君たちが離ればなれになっても、星はいつも君たちの上にある。同じ星を見れば、心は通うよ。

そうか。ソウタは離れても、星があればいいんだ。

「僕、もっと星のこと勉強する」

――そうするといい。さあ、地球に帰ろうか。

また星が流れた。気が付くと僕は、夕暮れの町の中にいた。

「ここはどこ?」

――少し先の未来だよ。そこで君たちは、また出会う。

横を見ると、見たことのない大人が立っていた。

「……ソウタ?」

「そうだよ」

大人が言った。

「君も、ずいぶんと変わったな」

思わず自分の顔に手を当ててみる。

「僕も、大人になってる?」

「ああ、立派な大人だ。そうか、俺たち、また会えるんだな。よかった」

そのとき、眩《まばゆ》い光が僕の眼を眩《くら》ませた。

――本日の興行は、これにて終了です。

僕がいたのは、何も置いていない小さな部屋だった。そして、ソウタの姿はなかった。

「ソウタ? ソウタ!」

僕は部屋を飛び出した。
商店街はまだ、午後の陽差しの中だった。僕は走りだした。
「ソウタ！」
僕の声は空に溶けて消えていった。
それきり、ソウタには会っていない。次の日、何も言わずに引っ越していった。
でも僕は、わかっていた。いつかきっと、ソウタに会える。そのときまで。
そのときまで、星を見たあの日のことは、絶対に忘れない。

4　故郷の家――しまだ玩具店

初めて来た商店街だった。予想していたほど寂れてはいない。シャッターの閉まった店もあるが、ちゃんと営業しているらしい店も多かった。

彼は駅前からゆっくりと歩いてみた。目当ての店を探しながら、こうして知らない店を冷やかすのも悪くない。

探している店は、程なく見つかった。少し傾《かし》いだように見える、古い建物だ。前面がガラス張りのショーケースになっていて、日焼けしたパッケージが並べられていた。まずそこから探索を開始する。

戦艦が主だった。大和、武蔵、金剛、日向といった日本のものから、テネシー、ニューヨーク、ヴァンガード、ビスマルクなど海外のモデルもある。どれも三十年以上前の古いプラモデルだ。悪くない、と思った。もしかしたら掘り出し物があるかもしれない。彼は店の中に入った。

前後左右、すべての陳列棚にプラモデルのパッケージが積み上げられていた。比較的新しいものもあるが、ほとんどは色褪《いろあ》せた年代物だ。

ひとつひとつ舐めるように物色していった。最初は期待に心を躍らせながら。しかしそれは次第に義務的な探索へと変わっていく。たしかに古いものが多いが、かといって珍しいものはなかった。たまに眼《ひ》を惹いても、それはすでに入手済みなものばかりだ。

店主は店の奥でラジオを聴いている。疲れた顔の老人だ。こういう人物は往々にして自分の店にある商品の価値に気付いていない。出るところに出れば途方もない値段を付けられる逸品《いっぴん》を店先で埃まみれにしているのだ。

彼は三十年にわたるコレクション歴の中で、こういう店にも何度か出会ってきた。最初は期待させておきながら、結局のところ失望させるだけの店だ。彼のような猛者《もさ》になると、たいていの逸品には出会っている。その彼を驚かせるようなレア物がそうそう簡単に見つかるわけがないのだ。

出ようか、と思いながら最後の一瞥を棚に向けた。そのとき、それが眼についた。

〝古民家シリーズ〟と銘打たれた品物だ。いわゆるジオラマもので、家や店舗などをリアルな作りのプラモデル化したものだった。普段の彼なら、まず手にしない分野だ。

なのになぜか、そのパッケージを手に取った。

上蓋に〝故郷の家〟と書かれていた。パッケージに描かれている完成図は、特に目立ったところのない木造の一軒家だった。藁葺き屋根の合掌造りとか、庄屋の建てた豪邸とか、売りになるような特徴は一切ない。どうしてこんなものをプラモデルにしたのか理解に苦しむような代物だった。

なのになぜか、そのパッケージを手放せなかった。

彼の長年の勘が「手に入れろ」と告げていた。理由はわからない。だが、その勘に従うことにした。

店の奥の老人に差し出すと、彼をちらりと見て金額を口にした。表示金額そのままだった。

そのプラモデルを唯一の収穫として、帰宅した。都心に近い賃貸マンション。独身者の気軽さで、室内は好き勝手に使っている。といっても、ほとんどが自分で作ったプラモデルと、手を着けていないプラモデルで埋まっているのだが。

いつものように買ってきたものを未着手の棚に置こうとして、手を止めた。なぜだかわからないが、こいつはすぐにも作ってみたいと思ったのだ。

早速組み立てにかかった。単純な作りかと思っていたら、意外なほど部品数が多い。家の中の調度類まであるのだ。なかなかマニアックだなと感心しながら、組立説明書を広げる。

ベースとなる地面に土台を組み上げ、その上に壁やら柱やらを積み上げていくという、本物の家の建てかたを模倣した作りになっていた。その点でも特殊な代物だ。彼はピンセットを使いながら土台に柱を接着した。

ふと見ると、柱の表面に小さな傷が付いている。製品の不良ではない。最初から傷も成形されているのだ。

記憶が刺激された。柱に付いた傷。どこかで見たことがある。

組立説明書を読み直してみる。注意書きがあった。

〝柱は逆柱にならぬよう気を付けること。柱に付いた傷を目当てに。四歳のときに付けた傷だから忘れていないはず〟

何の話か、最初はわからなかった。「四歳のときに付けた傷」というのは、どういう意味なのか。

「……まさか」

思いついたのは彼が四歳のときのことだ。祖父母の家に行ったとき、祖父が彼の背丈を柱に刻んでくれた。来年また来たら、どれだけ伸びたかわかるからと。しかし翌年、傷は付けられなかった。祖母が家に傷を付けるなと怒ったからだ。だから柱に背丈を刻んだのは、あのとき一回かぎり。

これが、そのときの傷だというのか。いや、まさか。

だが彼は気付いた。作ろうとしている民家が、祖父母が住んでいた家に瓜ふたつだということに。

気付いてみれば屋根の形から家の間取りから、何から何まであの家そのものだった。

「そんな、馬鹿な」

妄想だ、と自分を叱った。しかし一度そういう見方をしてみると、むしろあの家と違っているところを探すほうが難しいくらいだった。

茶の間に組み付ける円い卓袱台《ちゃぶだい》も、見覚えがある。その卓袱台で冷えたスイカを食べたっけ。そう思い返しながら部品を見ると、なんと四分の一に切ったスイカまであった。それを小さな皿に接着して卓袱台に置くことになっている。

なんてことだ。彼は呆然としていた。このプラモデルは、彼の記憶をそのまま再現している。

組み立てる手は止まらなかった。すぐにも完成した姿を見てみたいと思ったのだ。接着剤の臭いが鼻を刺激する。頭が少しくらくらとしてきた。それでも止めることはできなかった。

土間の組み立てに取りかかる。古い形の冷蔵庫に流し台。説明書によると、その前には老女を置くことになっている。

ランナーから切り離し、接着した瞬間、また記憶が刺激された。老女の立ち姿に見覚えがある。間違いない。ばあちゃんだ。

何年も前に亡くなった祖母にそっくりだった。流し台の前に立つ姿も覚えている。あれは孫である彼のために素麺《そうめん》を作っているときの姿だ。

ああ、と彼は声を洩らした。自分は今、あのときの情景を作っているんだ。

だとしたら、じいちゃんは？

説明書を読み進める。老人は庭の畑に置くことになっていた。

そうか、やっぱりあのときの光景だ。卓袱台に置かれたスイカ。ばあちゃんが茹《ゆ》でる素麺。そしてじいちゃんは、畑でナスをもいでいる。

頬が濡れていた。汗ではない。涙だ。

彼は思い出していた。あの夏、ひとりきりで祖父母の家に泊まりに行っていた。両親と離れて少し心細かったけど、その分、じいちゃんとばあちゃんが優しくしてくれた。スイカが美味かった。素麺が美味かった。ナスも美味かった。

帰りたい。そう思った。あのときに帰りたい。金があっても何も満たされず、趣味に没頭しても虚しさばかり感じる今より、何も考えずにいたあの頃のほうが幸せだった。

帰りたい。

泣きながら、プラモデルを組み立て続けた。

溶剤の臭いは、ますます強くなってくる。おかしい、この接着剤はこんなに臭くはなかったはずなのに。意識が遠退《とおの》きそうになりながらも、彼は手を止めなかった。

――……ちゃん。

名前を呼ばれた、ような気がした。

――……ちゃん。素麺できたで。はよ食べや。

「……うん」

返事をした。素麺、食べなきゃ。

蟬時雨《せみしぐれ》が聞こえてくる。外を見ると、陽差しで何もかもが白茶けて見えた。

庭に誰かいる。声をかけようとした。

「じいちゃん……」

祖父が振り返った。その表情を、眩い光が包み込む。何もかもが白くなり、無になった。

何度電話をしても出ない、という母親からの連絡に、大家は顔をしかめた。

まさか、孤独死ってやつか。そんな歳でもないだろうに。

しかし、確かめないわけにはいかない。合鍵を持ってマンションに向かった。

ドアを開けると、恐れていたような異臭はなかった。エアコンがかけっぱなしなのか、室内はひんやりとしている。

人の気配はない。大家はゆっくりと中に入った。

どの部屋もプラモデルだらけだった。すでに組み立てられたものと、まだ手を着けないで箱に納まっているもの。総数がどれだけだか見当もつかない。オタクってやつか。大家はうんざりしながら奥に進んだ。

リビングにも、誰もいなかった。突然住人だけがいなくなってしまったかのような雰囲気だ。ただひとつ、テーブルの上に完成したプラモデルが置かれていた。

古い民家のプラモデルだった。こんなものまで模型になっているのか、と半ば感心しながら眺める。

かなり精巧な作りだった。家の前に置かれた自転車や、庭の畑に植えられた野菜まで再現されている。畑には野菜を収穫しようとしている老人の模型まであった。

家の中を覗いてみた。土間に老女が立っていた。炊事をしているようだ。そして茶の間には卓袱台があってその前に小さな男の子が座っていた。

男の子は切ったスイカを手に、今にも頬張ろうとしていた。

とても幸せそうな表情だった。

5　パワーマンタン　――スグル薬局

その子は店に入ってきたときから、なんていうか悲愴《ひそう》な顔付きをしてたんですよ。そう、幼いながら重大な決意をしてやってきたって感じで。

ぎゅっと拳《こぶし》を握りしめたまま私のところに来ましてね、じっと見つめるんです。何か言いたそうなんだけど、声にできないでいる。だから私のほうから訊いてやったんです。

「何かご用ですか」

一瞬びくっと体を震わせて、でも逃げ出そうとする気持ちを必死に抑えている。そんな表情がいじらしく思えました。

顔が真っ赤になってました。口をもごもごさせて、それからやっと、言葉になりました。

「……くださいい」

「はい？」

「……パワーマンタン、ください」

「パワー満タン？」

「パワーマンタン！　ハッスルファイターの！」

ハッスルファイター……どこかで聞いたことがあるな、と思いました。そのとき、ふと思い出したのが息子の顔です。

ああ、と思いました。毎週日曜の朝にテレビで放映しているアニメのタイトルです。息子が熱心に観ているのを一緒になって観たことがありました。

たしかね、主人公は小さな男の子なんですよ。気が小さくて体も小さくて、いつもいじめられてばかりでね。でも科学者のお祖父さんが作ったパワーマンタンという名前の薬を飲むと、たちまち体が大きくなって、勇気百倍のハッスルファイターに変身するんです。そしていろんな事件を解決するという話でした。

「そうか、君はハッスルファイターになりたいんだな？」

私が言うと、その子は頷きました。相変わらず、真剣な表情です。

さて、困ってしまいましたよ。そんな薬はありませんと追い払うのは簡単です。でもね、その子の表情を見ていると、そんなにあっさりとは断れないような気分になってしまいました。

「君、いくつだね？　何年生？」

「八歳。三年生」

八歳で小学三年生というと、早生まれでしょう。この年頃で一年の差は大きいですから、早生まれの子はクラス内で体格なんかも小さくて、それでいろいろ苦労することもあるのかもしれません。だから薬を使ってでも大きくなりたいと思ったんでしょう。いじらしい話です。

「悪いけどね、うちではパワーマンタンは売ってないんだよ」

そう言うと案の定、その子はとても悲しそうな顔になりました。なので、つい言ってしまったんです。

「あ、でもね、少し違うけど、よく似た薬ならあるよ」

「ほんと？」

その子の眼が輝きました。

「ああ、じつはパワーマンタンってのは少し危険な薬でね。ほら、ハッスルファイターも一分しか効いてないだろ？」

「うん」

「でも、うちにある薬は、飲めばずっと効き目がある。体も大きいまんま、力も強いまんまでいられるんだ」

「ほんと？」

「ああ。でもそのかわり、すぐには効かないんだよ。飲むのは一回きりでいいんだけど、薬が効くのは、何年か先なんだ」

「何年か先？　どれくらい先？」

「それは人によるな。一年で効く場合もあるし、三年四年かかる場合もある。体も急に大きくなるんじゃなくて、徐々に変わっていくんだ。そういう薬でもいいかね？」

「うーん……」

その子は少し考えていました。でも、心を決めたように頷いて、

「それでいい。ください。いくらですか」

と言ったんですよ。私が、

「一万円だよ」

と答えると、その子は顔色を青くしました。

「そんなにお金、ない……」

「いいんだよ。この薬は効き目が出たら代金を払ってもらうことになっているんだ。いつか君が大きく強くなったら代金を払いに来てくれればいい。じゃあ、ちょっと待ってなさい」

私は奥に引っ込むと、あるものを一粒持ってきて、それを乳鉢で磨《す》り潰し、分包機でパッキングしました。

「さあ、これだよ。今すぐ飲むかね？」

「うん」

コップに水を用意して渡すと、その子は意を決したように分包紙を破って中の粉を口に入れると、一気に水で流し込みました。

「……甘い」

「そういう薬なんだ。今日は帰ったらお風呂に入って、ゆっくり寝なさい。それから薬の効き目を良くしたかったら、毎日ご飯をきちんと食べて、毎日運動して、毎日勉強するといい」

「そうすると、大きくなれる？」

「ああ、必ずなれるよ」

私は約束しました。その子は嬉しそうに微笑んで帰っていきましたよ。

それが、十年前の話です。

それきり、その子のことはすっかり忘れていました。名前も聞きませんでしたからね。

それが、ついこの前のことです。店にひとりの客がやってきました。

「僕のこと、覚えてますか」

そう言われても、すぐにはわかりませんでしたよ。

「ここでもらった薬のおかげで、こんなに大きくなりました」

薬……薬……ああ、とやっと思い出したわけです。

「じゃあ、君があのときの？」

驚きましたよ。身長は百八十センチを超えているでしょう。体重だって百キロ以上ありそうでした。胸板が厚くて腕が太くて、まさに筋骨隆々といった感じでしたからね。

「見違えたねえ。本当に立派になって」

私が言うと、その子は面映《おもはゆ》そうに新聞の切り抜きを差し出しました。

そこには大きなトロフィーを手にした彼の写真が載ってました。柔道の大会で優勝したそうです。

「そうか、柔道をやってるのか」

「あの薬を飲んで毎日運動するように言われたので、次の日から柔道教室に通いはじめました」

「なんとまあ」

嬉しかったですね。あのときの弱々しい子が、こんなに逞しくなるとは。

「みんな、おじさんのおかげです」

彼は私に頭を下げました。

「気弱で自分に自信を持てなかった僕に、勇気をくれたのはおじさんでした。あの日から僕は変わったんです」

「そうか、そうか……」

涙が出てきました。私としては、ほんの思いつきでしかなかったんですけどね。それがこんなことになるとは。

「ときにおじさん」

その子は言いました。

「あの薬、何だったんですか」

「知りたいかね？」

涙を拭いながら、私は言いました。

「知りたいです。いや、知りたくない気持ちもあるんですが、知らないままというのも何だかなあと思うし……ちょっと今でも混乱しています」

「なら、教えてあげよう」

私は店の奥に引っ込むと、それを持ってきました。これは孫のだよ」

「あのとき君に上げたのは息子のものだった。これは孫のだよ」

彼に見せたのは、ラムネ菓子の袋でした。

「なるほど、道理で甘かったわけだ」

彼は笑いました。私も笑いました。

「つまり、君が今あるのは君の力だ。薬の力なんかじゃないよ」

私が言うと、

「いえ、やはりこの薬のおかげです」

彼は言いました。

「この薬を飲んだから、僕は絶対に強くなれる。そう信じて辛いことも苦しいことも我慢することができたんです。やっぱりこれは、僕にとってもパワーマンタンでした」


彼が帰った後、孫が戻ってきました。

「あ、それ、僕のお菓子」

「これはな、ただのお菓子じゃないんだよ。一粒食べれば勇気百倍、目茶苦茶強くなる魔法の薬なんだ」

「ほんと？　僕も強くなれる？」

「なれるとも。これを飲んで、じいちゃんの言うことをよく聞けばな」

私が言うと、孫は眼を輝かせました。十年前の、あの子のように。

6　銘菓誕生秘話――和菓子の鳳凰堂

その女性は毎週火曜日になると、決まってうちの店を訪れたのでした。

いつも和服を着て品のいいひとでした。買ってくださるものも決まってました。当店自慢の粒《つぶ》餡饅頭《あんまんじゅう》です。

うちは代々あんこには自信を持ってます。北海道から取り寄せた小豆に厳選した砂糖を加えまして、皮だってそんじょそこらのものとは……あ、いや、それは今どうでもいいことでしたね。とにかく、そのご婦人は毎週火曜にやってきて、粒餡饅頭を二個、お買い上げくださったんですよ。判で押したように同じ日、同じものを。

最初はそんなに気にしなかったんですが、毎週毎週いらっしゃるものですからちょっと興味が湧いてきまして、あるとき話しかけてみたんです。

「いつもお買い上げありがとうございます。お饅頭お好きなんですね」

するとご婦人ははにかんだような表情で、

「主人が……好きなものですから」

と仰《おっしゃ》る。

「なんですか、こちらさまのお饅頭を大層気に入りまして、あれを買ってこいと申しますものですから」

なるほど、と思いました。いつもふたつ買われるのは、ご夫婦で召し上がっていらっしゃるからなのかと。

「左様でございますか。それはどうもありがとうございます。仲のおよろしいことで、結構でございますね」

そう申しますと、ご婦人はまたはにかむような困ったような笑みを浮かべました。

その後も毎週火曜にいらっしゃいまして、同じ饅頭を買っていかれました。物静かで口数の少ない方でしたので、どこに住んでいらっしゃるのか、ご主人はどんな方なのか、ずっと知りませんでした。まあ、お召し物から考えれば、然るべきお宅の奥様であろうことは察せられましたがね。

そうやって何年通っていただきましたでしょうか。店にお顔をお見せいただいたら、こちらも何も言わずに粒餡饅頭をふたつ用意する、というのが習いになりました。お宅で夫婦水入らず、饅頭をお召し上がりになる様子を想像して微笑ましく思っておりました。

あの日もいつもと同じ様子でいらっしゃいました。だから今までどおり饅頭をふたつご用意しようとしたんです。

「あの……」

ご婦人は言いにくそうに、

「お饅頭、ひとつで結構ですから」

と、仰ったんです。

「おひとつで、よろしいんですか」

思わず聞き返してしまいましたよ。

「はい、ひとつで」

ご婦人は饅頭をひとつだけお買いになりました。

その日を境に、ご婦人がお買い求めになる饅頭はひとつきりになりました。

数が変わっただけで、それ以外はこれまでどおりです。でもその変化がずいぶんと大きなものに感じられました。

つい想像してしまったんです。饅頭をひとつしか買わない理由というものを。

もしかしたら、ご主人が饅頭を食べられなくなったのではないか。つまり、お亡くなりになったのではないかとね。

そう考えるとご婦人がなんとも不憫に思われてなりませんでした。ご主人の好物だったうちの饅頭を、そのご主人が亡くなられた後もご贔屓《ひいき》にしてくださる。悲しくもありがたい話です。

次の週も、そのまた次の週もひとつだけ饅頭をお買い求めになるご婦人の姿を見ると、痛ましくてなりませんでした。あまりに辛くて、つい泣き出してしまいましてね。

「あら、どうされたんですの？」

当のご婦人から訊かれてしまいましたよ。

「すみません。あなたさまのご心中を察するあまり、つい」

「わたしの心中？　どういうことですの？」

重ねて訊かれましたので、思っていることをみんなお話ししたんです。

「亡くなられたご主人を思ってうちの饅頭を買ってくださるなんて、なんと申し上げていいのやら……」

涙ながらに打ち明けますと、ご婦人はとても恐縮されたご様子で、

「申し訳ございません」

と、謝られたんです。

「そのように思われていたとはつゆ知らず、ご迷惑をおかけしました。でも……違うんです」

「違う、と申されますと？」

「主人は亡くなっておりませんの」

「それは……いや、とんだ勘違いをしてしまいまして」

「いえ、わたしが悪いんです。ちゃんとお話ししなかったのですから」

ご婦人はほんのりと微笑まれまして、

「前にもお話ししましたとおり、主人はこちらさまのお饅頭が大層気に入っておりまして、毎週わたしが謡の稽古にこちらの近くに参りますときには必ず買ってくるように言われておりますの」

「それはどうも、ありがとうございます」

「いえいえ、こちらこそお世話になっております。それでですね、主人は買ってまいりましたこちらのお饅頭を、お番茶と一緒にいただくのが習いなんです。わたしもそのときは相手をさせられます」

「やはり仲がおよろしいんですね」

「そう、ですわね。結婚以来大きな喧嘩をすることもなく、こうして過ごすことができたのも、互いの相性が良かったからかもしれません。でもね、仲のいい夫婦の間でも、いえ、仲がいいからこそ打ち明けられない秘密というものがあるんですよ」

「夫婦の秘密、ですか」

「ええ、じつはですね、とても申し上げにくいことなんですけど……」

ご婦人は躊躇されていましたが、意を決したように言いました。

「……わたし、あんこが駄目なんです」

「駄目？」

「口に合わないんです。子供の頃から食べられなくて。じつのところ、見るのも嫌で……ごめんなさいね」

「あ、いえ」

「なので毎週お饅頭を食べさせられるのが辛くて辛くて。でも愛《いと》しそうにお饅頭を食べる主人に本当のことを言うことができませんでしたの」

「そうだったんですか……しかしそれがどうして？」

「先月でしたか、わたし、ちょっと体調を崩したんです。寝込むほどのことでもなかったのでお稽古には行きましたけど。そしていつもどおりこちらでお饅頭を買いまして、主人と一緒にいただきました。でもやはり体の調子は悪かったのでしょうね、いつにも増してあんこが辛かったんです。ほんとにもう辛くて辛くて、気を失いそうになるくらいでした。どうしてこんなに辛い思いをしなくてはならないのだろうと思ったら情けなくなってしまって、とうとう泣き出してしまったんです」

ご婦人は微笑みながら続けました。

「主人は泣き出したわたしにびっくりした様子で『一体どうしたんだ？』と訊きました。わたしはとうとう自分の秘密を、じつはあんこが大嫌いであることを打ち明けてしまいました。初めて聞かされた話に主人は驚いていましたけど、すぐに笑い出しました。『そんなに嫌いだったのなら、どうしてそう言わなかったんだ。嫌なら嫌とはっきり言えばいいだろう』と。わたし、『言いたくても言えないこともあるんです』と、また泣きました。主人は困ったような顔をしてわたしを見ておりましたけど、不意に頭を下げて『すまん。おまえの気持ちを察することができなかった俺が悪かった。許してくれ』と申しましたのよ」

「それはまた、お優しいことですね」

「ええ、わたしもこんなことなら、もっと早くにあんこが嫌いだと言えばよかったと後悔いたしましたわ」

「それで今は、ご主人の分だけをお買い上げいただいているわけですね」

「そういうことです。でも……」

ご婦人は少し残念そうな表情で、

「主人がお饅頭をいただいているときに、わたしが相伴《しょうばん》しないのも、なんだか寂しいんですの。あんこが駄目だからってわがまま言ったくせにそんなことを言い出すのも申し訳ないかなと思いまして、主人には黙っておりますけど」

話を聞いて思いましたよ。この健気《けなげ》なご婦人の心労をなんとかして取り除いて差し上げたいとね。だから言いました。

「来週までお待ちください。かならず奥様にもご主人様にもご納得いただけるような方策を考えますので」

それからの一週間は文字どおり艱難辛苦《かんなんしんく》でしたよ。試行錯誤を繰り返して時間が過ぎました。そして約束の火曜日、いらしてくださったご婦人に成果の品をお出ししました。

最初、ご婦人は怪訝そうな顔をされました。無理もありません。目の前には大嫌いな粒餡饅頭があったのですから。

「だまされたと思って一口、召し上がってみてください」

ご婦人はおそるおそるその饅頭を口に運びました。そして眼を丸くされました。

「これは……もしかして南瓜《かぼちゃ》ですの？」

「いろいろ試してみた結果、これが一番しっくりきました。いかがでしょうか」

問いかけに、ご婦人は大きく頷かれました。

「美味しゅうございますわ。これならいくつでもいただけそうです」

「よろしゅうございました。ではこれからは奥様用にこの南瓜餡饅頭をご用意してもよろしいでしょうか」

「わたしのために……そんな」

「遠慮なさらなくとも結構です。これは新商品として店に並べますので」

そう言いますと、ご婦人は柔らかく微笑まれました。

「ありがとうございます」

「いえいえ、これからもご贔屓に」

　これが南瓜餡を使った饅頭誕生のお話です。店頭に並べたとたんに評判を呼んで、今では粒餡饅頭と並ぶうちの人気商品となりました。

そう、その商品に『火曜饅頭』と名付けたのも、毎週火曜日にしか作らないのも、そういう理由があったんですよ。

え？　そのご婦人はどうされたかですって？

あなたが取材にいらしたとき、ちょうど店を出て行かれたご婦人のことはご記憶ですか。

ええ、あのひとですよ。

いまだに、どこに住んでいらっしゃるかも、どういうお名前かも存じません。

でも、それでいいじゃありませんか。今日もあのご夫婦が仲睦まじくうちの饅頭をお召し上がりになる。それだけで嬉しいことなんですから。

7　げんかつぎ仕上げ　――クリーニングの柴田

店構えを見て気が付いた。ここはフランチャイズの店ではない。今どき珍しくなった個人経営のクリーニング屋だ。実家のある町には一軒あった。子供の頃、よく洗濯物を出しに行かされたのを覚えている。

店に入ると蒸気の匂いがした。ああ、これも記憶にある。少し懐かしい。

奥から六十がらみの男性が出てきた。彼が店主らしい。

「いらっしゃい」

「あ、これ、お願いしたいんですけど」

持ってきたスーツを差し出す。先程大急ぎで脱いだものだ。

店主はスーツを細かくチェックする。そして、すぐに見つけた。

「この染み、まだ新しいですね」

「ええ、じつは今日付けちゃったんです」

襟元にこぼしたコーヒーの染み、それについては泣くに泣けない事情があった。

「落とせますか、染み」

「落とせますよ」

店主は他の部分を調べながら返事をした。

「ズボンのほうのここにも染みがありますね。こっちは一週間くらい経ってそうだ」

そのとおり、それは一週間前にナポリタンをこぼした跡《あと》だ。

「それも落とせます？」

「大丈夫、落とせますよ」

安堵した。この春に思いきって新調したオーダーメードだ。まだまだきれいにしておきたい。染み抜き代は千二百円。痛い出費だが、いたしかたない。

店主は服を裏返したり眼を近付けたりして、さらに細かく調べていった。ずいぶん念の入ったチェックをするんだなと半ば感心していたら、彼は顔を上げて言った。

「お客さん、このスーツを着てるとき、嫌なことが起きるでしょ」

「え？」

唐突な問いかけに、思わずたじろぐ。

「俺は運がないなあ、とか、どうしてこうもタイミングが悪いんだろう、とか思ったりしませんか？」

「それは……そう思うときもありますけど、でも……」

「私の見たところ、原因はこのスーツですよ」

店主は断言した。

「こいつには悪い『気』が憑《つ》いている。そいつを抜き取らない限り、同じことが続きますよ」

「気って……どういうこと？」

「生地が悪いのか裁縫のせいかわからないが、邪念というか怨念というか、着る者を不幸にする邪気が籠《こ》もっているんですよ。それを何とかしないと」

「何とかって、できるんですか」

「できますよ」

先程染みを落とせるかと訊いたときと同じ口調で、店主は言った。

「特殊な処理ですがね。うちでは『げんかつぎ仕上げ』と言ってます。禍《わざわい》転じて福となし、これまでとは逆に、この服を着ると縁起が良くなるようにします」

「それって、要するにおまじないみたいなものですか。祈禱して除霊して、みたいな」

「いえいえ、ちゃんとしたクリーニングの技術です。コーヒーの染みを抜くように邪気を抜いて運気を染み込ませます。スーツですと料金が通常仕上げで二千円になりますが」

二千円。それはちょっと高い。

「上等仕上げだと五千円。特上仕上げだと二万円となります」

クリーニング代に二万円なんて払えるわけがない。

「それはまた、次にします」

おそるおそるそう言うと、

「わかりました。では通常のクリーニングで」

店主は拘《こだわ》る様子もなく、受理した。

五日後、クリーニングの終わったスーツを引き取ってきた。店主が請け合ったとおり、染みはどれもきれいに落ちていた。まるで新品だ。翌日、それを着て会社に向かった。

朝の通勤電車の中で思いきり足を踏まれ、痛みを堪えながら会社に到着するとなぜか機嫌の悪い課長に理由もなく怒られた。得意先からかかってきた電話にはうっかりして敬語を使い忘れ、また課長に怒鳴られた。打ち合わせのために他の得意先に赴くと、アポイントを取っていたのにもかかわらず先方は不在。とぼとぼ帰ってくると契約寸前まで行っていた別の得意先の件がライバル社に掠め取られたという結果を聞かされた。文字どおり意気消沈した状態で社員食堂に入ると、食べたかったA定食は目の前で売り切れ。しかたなくラーメンにしてテーブルまで持ってきたら、近くの席に千波がいるのに気付いた。その向かい側には経理の若手が座っていて、ふたりは仲むつまじく語り合っていた。

そうか、あいつが彼女の相手か。この前、結婚を考えている男がいると千波本人から聞かされたとき、最初に思ったのは彼女に贈るために買った指輪は返品できるのだろうか、ということだった。そして自分の思いは一方的なものでしかなかったことも思い知らされた。

「そうか……おめでとう」

努めて冷静を装い、祝いの言葉を贈った。だが体は平静を保てなかった。コーヒーを飲むつもりで傾けたカップは斜めにずれ、スーツの襟にこぼしてしまったのだ。帰宅するとすぐにスーツを脱いでクリーニング屋に持っていったのは、そういうわけだ。

今、和気あいあいと語り合っている千波と男の姿を見て、あのときの屈辱的な気持ちを思い出した。そして思わず持っていたラーメンの丼をテーブルにどん、と置いた。が、指が少しばかり早く離れたようだった。傾いた丼からこぼれたスープが、ズボンを直撃した。

「熱っ！」

思わず悲鳴をあげた。社員食堂内のみんながこちらを見た。もちろん千波も。その視線が猛烈に痛かった。その場から消えてなくなりたいと思った。

その日も会社から帰ってすぐにスーツを脱いで例のクリーニング屋に持ち込んだ。

店主はズボンの染みを見つけ、染み抜きするか訊いてきた。

「お願いします。それと、この前言ってた何とか仕上げってやつだけど」

「げんかつぎ仕上げですか」

「それそれ。お願いできますか」

「承知しました。通常仕上げでいきますか」

「通常と上等と特上があったんですよね。何が違うんですか」

「通常仕上げだと邪気は抜くけど運気は申し訳程度にしか染み込ませませんね。上等仕上げだと運気はもう少し上がります。多少は幸運を実感できるでしょう。たぶん実感はできないでしょうね。上等仕上げだと運気はもう少し上がります。多少は幸運を実感できるでしょう。そして特上仕上げは、充分に運気を染み込ませます。料金は張りますが、それだけのことはあります」

正直に言えば、げんかつぎだの運気だのを信じていたわけではない。だがその日は気分がむしゃくしゃしていた。何かしないではいられない気持ちだったのだ。それに懐には指輪を返品したことで手許に戻った金がある。

「じゃあ、特上で」

「わかりました。一週間ほどかかりますが、よろしいですか」

「お願いします」

その日は興奮していたので思い切ってしまったが、翌日になると早くも自分の早計を後悔しはじめた。よくわからないものに二万も払うくらいなら、ちょっと豪勢な店で飲み食いしたほうが気が晴れたのではないか。そんな気がしたのだ。でも、払ってしまったものはしかたない。とにかくスーツのクリーニングが済むのを待とう。

一週間後、あの店に引き取りにいった。

「運気が上がるのは着ているときだけなんで、注意してくださいね」

店主は言った。

「効果は一年あります。効き目が切れてきたと思ったら、またお申しつけください」

二度とやらないよ、と心の中で言い返し、アパートに帰った。

スーツは特に変わった様子もなかった。ただ襟に「特上仕上げ」と書かれたタグが付けられているだけだ。まあいい。運気が上がるかどうか、当てにしないで期待してみよう。

翌日、そのスーツを着て出社することにした。が、目覚まし時計の不調で寝過ごし、会社に遅刻した。課長からはこってりと油を絞られた。得意先まわりをすると、またも契約寸前まで持ち込んでいた件が他社に取られた。社員食堂では相変わらず仲むつまじい千波と彼氏を見せつけられる始末。

くそ、いいことなんか何ひとつないじゃないか。

むかっ腹を立てながら帰宅する。テレビを付けたら電車内で傷害事件が起きたというニュースを放送していた。どうやらヤバい薬で頭が変になった男が通勤客にナイフで切り付けたらしい。

三名が重傷。ひどい事件だなと見ていたら、その電車が毎朝通勤に使っているものだと気付いた。しかも事件が起きたのは、いつもなら自分が乗っている車両だ。もしも寝坊しなかったら、あの電車に乗っていて、そして事件に巻き込まれていたかも。そう思うと、ぞっとした。

一週間後、出社したら社内が大騒ぎになっていた。得意先がひとつ、倒産したという。それも、先週契約を他社に取られたあの得意先だった。

「もしもあの契約を取っていたら、傷口がさらに大きくなっていたかもしれん。幸運だったな」

課長が言うのを、唖然としたまま聞いていた。

一ヶ月後、千波が突然退社した。その理由は同僚の女子社員から教えられた。彼女は例の彼氏と婚約していながら、係長とも不倫をしていたというのだ。しかも双方から少なくない金を巻き上げていたという。それがばれて会社にいられなくなったらしい。

「よかったわね。あんな女に引っかからなくて」

女子社員の言葉を、今回も唖然としたまま聞いていた。

その日、帰宅してまたあのクリーニング屋にスーツを持っていった。

「げんかつぎ仕上げ、効果は一年って言ってたよね？」

「そうですよ。一年間ずっともちます。ただし」

店主はスーツを検分しながら、

「このスーツ、また邪気が染み付いてきてますよ。よほど運のない服なのか……いやいや、そうじゃないか」

店主の眼は、こちらに注がれた。

「運気を下げてるのは、あなた自身ですね。あなたの体から邪気が噴き出している。それが服に染み込むんですよ」

「それは……どうすればいいんですか」

「もちろん、げんかつぎ仕上げです。おやりになりますか」

是も非もなかった。

「お願いします」

店の奥に案内された。鋼鉄製の大きなチェンバーが据えられている。店主は扉を開けた。

「さあ、どうぞ」

中に入った。

「少しの間、眼を閉じて耳もふさいでいてください。ちょっと苦しいですが、すぐに終わります」

店主が扉を閉め、中は真っ暗になった。


翌日、出社したら会社の倒産を知らされた。例の得意先倒産のせいで連鎖倒産してしまったらしい。

社員はみんな茫然自失していた。課長は子供のように泣いている。

「これからどうする？」

同僚に訊かれた。

「とりあえず宝くじを買うよ」

と答えた。

「たぶん、当たると思う」

同僚は変な顔をして離れていった。かまうものか。上着を脱ぎシャツの袖を捲《まく》り上げた。これがあるかぎり、無敵だ。

腕にくっきりと記された「特上仕上げ」の文字を、何度も見返した。

8　時を受け継ぐこと　――間下時計舗

祖父の葬式に参列するため、三年ぶりに実家に帰った。

祖父は五年前から寝たきりの状態だったが、つい半月前まで意識ははっきりとしていて、会話もできていたようだ。自分の死期を悟ったのか、公証人を呼んで正式な遺言書を作成していた。葬儀の後でその遺言書は公開されたが、唯一の孫である俺にもささやかながら遺産が分与されることになっていた。

俺はその遺言の内容を、ほとんど他人事《ひとごと》のように聞いていた。財産を譲られたことに、あまり気持ちが動かなかったのだ。もちろん金は欲しい。まとまった金があれば、少しは贅沢できるかもしれない。しかしそんなことより、俺は祖父の死を受け入れかねていた。

正直、こんなにも祖父が死んだことで衝撃を受けるとは思わなかった。東京で独り暮らしをしている間、祖父のことなど思い出しもしなかったのだ。それが棺《ひつぎ》の中に横たわる祖父の亡骸《なきがら》を見たとたん、自分でも理解できないほど混乱して、気持ちの整理がつかなくなってしまった。棺が閉じられ、霊柩車で運ばれ、火葬場で荼毘《だび》に付されている間も、俺は混乱していた。じいちゃんが死んだ。なぜだ？　どうして死んだ？　そんな言葉だけが頭の中を回りつづけていた。

小さな骨壺に収まった祖父を家に連れ帰り、その日は久しぶりに自分の部屋だった六畳間で寝た。気持ちが昂《たかぶ》っていて寝つけなかったが、眼を閉じているうちに意識は途切れた。

そして、夢を見た。

夕焼けの空の下、近くの堤防《ていぼう》を祖父と一緒に歩いている夢だ。俺はまだ小さく、祖父は元気で逞しかった。

夢の中で俺は思っていた。これはたしか、小学校の頃の思い出だ。あの頃はよく、こうして祖父と散歩をしていた。

——何か欲しいものはあるか。

歩きながら祖父が訊いた。きっと菓子とか玩具とか、そういうものを訊かれたのだろう。だが俺は、違うものを言った。

——じいちゃんの時計が欲しい。

俺の手を握っていた祖父の左手に、銀色に光る腕時計があった。大きくてかっこよくて、美しかった。世界で一番すごい宝物のように見えた。

——これが欲しいのか。だがな、これはじいちゃんが大切にしているものだ。まだやれん。おまえが大人になって、じいちゃんがもうこの時計が要らなくなったら、おまえにやろう。

——ほんとにくれる?

——ああ、だから、それまで待て。

祖父はそう言うと、俺を抱き上げて肩車した。高いところから見渡せるようになって、夕焼けの空が近くなったような気がした。そうか、大人になるとこういうふうに見えるんだ、と思った。

大人になったら世の中は違ったふうに見えて、そしてじいちゃんの腕時計を腕に付けられるんだ、と。

眼が覚めたのは昼近くだった。遅い朝食を取りながら、母に訊いた。

「あの時計、どうした？」

「時計って？」

「ほら、じいちゃんがずっと腕にはめてた」

「ああ、あれね。遺言どおり引き取ってもらったわよ」

「誰に？」

「商店街の時計屋さん。おじいちゃんの遺言に書いてあったの、聞いたでしょ？」

「そうだっけ？」

覚えていなかった。まともに聞いていなかったのだ。

「でも妙ね。どうして時計のことだけ、わざわざ遺言に書いてたのかしら。盆栽とか着物とか、もっと大事にしてたもののことは一言も書いてなかったのに。おまえもどうして時計のことを言い出したの？」

「いや、別に……」

食事を終えて、家を出た。久しぶりに近所を散歩するつもりだった。

当てもなく歩いているつもりだったが、足はいつしか商店街に向いていた。子供の頃からよく出入りしていた場所だ。あの頃に比べると、どの店も古びていたが、思ったほど寂れてもいなかった。

この商店街に時計屋なんてあっただろうか。

探しながら歩いてみた。意外にあっさりと見つかった。同時に記憶が甦る。たしかにここに時計屋があった。いつも前を通るだけで一度も中に入ったことはなかったけど。

そんな店に入る気になったのは、母に聞いたことが気になっていたからだった。

この店に、あの時計がある。

自動ドアを開けて中に入ると、店は思った以上に狭かった。壁には掛け時計が音符の多い楽譜のように並べられ、どれも同じ時刻を示していた。置き時計が置かれた棚もある。ショーウインドーには腕時計が宝飾品のように陳列されていた。

店の奥に小柄な年寄りがいた。頭はきれいに禿《は》げ上がっていて、銀縁の眼鏡を掛けていた。彼が店主らしい。布で腕時計を磨いていたようだったが、俺が入ってきたのに気付くと、

「いらっしゃい」

と、声をかけてきた。俺は思わず立ちすくむ。

「何のご用でしょう?」

訊かれても、すぐには答えられなかった。

「あ、あの……じいちゃんの、時計」

「は?」

「その……じいちゃんが、遺言で時計をこの店に……」

どう言ったらいいのかわからない。そもそも自分が何をしたくてこの店に入ったのかも自分で説明できなかった。

だが店主は何かに気付いたように、

「ああ、もしかして仙川さんのお孫さん？」

「え？　あ、はい……」

「そうか、あんたが。なるほどね。時計を取り返しにきた？」

「いや、そ、そうじゃなくて……」

口籠《くちご》もっていると、店主はにっこりと微笑んで俺を手招きした。

「こっちにいらっしゃい。見せてあげる」

言われるまま、店の奥に向かった。ドアがあって、その向こうに廊下。そこを抜けると、またドア。

「ここだよ」

年寄りがドアを開ける。中は真っ暗だった。少し気後れしたが、中に入った。

明かりが灯ると、白い小さな部屋だった。店と同じように壁には掛け時計、棚には置き時計、そしてショーケースには腕時計が並べられている。

「ここも、店？」

「いや、違う。ここに並べてある時計は売り物じゃない。みんな、亡くなったひとのものだ」

店主は壁に掛かっている鳩時計を指差した。

「あの時計の持ち主はピアノの教師だった。子供たちにピアノを教えている部屋に、この鳩時計が掛けてあった。時計は何十人、何百人の子供たちがピアノを習い成長していく姿を見ていた。

その隣に掛けてある黒い時計は縫製工場に掛けてあった。何人ものお針子が仕事をしている間、ずっと時を刻んできた。工場を畳まなきゃならなくなったとき、社長はこの時計を一番長く勤めていたお針子に贈った。

この置き時計はあるサラリーマンの家庭に置かれていた。旦那さんは毎日この時計で時間を確認して出勤し、奥さんは子供たちを学校に行かせた。平凡で当たり前で、でも穏やかな生活が続いた。旦那さんは定年になり子供たちは家を出てそれぞれの家庭を築いた。穏やかな老後もこの時計は見ていた」

「みんな、死んだひとの時計？　どうしてそんなものが、ここに集まっているんだ？」

「私が託されたからだよ。持ち主が亡くなった後も、時計たちがちゃんと動きつづけるよう面倒を見てほしいとね」

店主はそう言いながら、ショーケースを開けて、並べてある腕時計のひとつを取り出した。

「ほら、これがあんたのお祖父さんの時計だ」

見覚えのある腕時計だった。銀色のケースとベルト、白い大きな文字盤、秒針はその文字盤の上を小刻みに動いていた。

「かなり昔に流行《はや》ったモデルだよ。若い者はみんなこの時計に憧れた。きっとあんたのお祖父さんも、必死に金を貯めて手に入れたんだろう。大事に扱われていたようだ」

俺はその時計を手に取った。ずっしりとした重みが感じられる。俺は言った。

「じいちゃんは、どうして家族にこの時計を託さなかったんだ？　どうして赤の他人なんかに

……」

「それは、あんたの腕を見ればわかる」

店主は言った。

「あんた、腕時計をしておらんだろう？」

そのとおりだった。大学に入った頃から、時計を身に着ける習慣はなくなった。

「だって、携帯電話で時間はわかるし……」

「つまり、あんたに時計は必要ないというわけだ。時計もまた、あんたを必要とはしていない」

「それは……でもじいちゃんは……」

「大きくなったらあんたにこの時計をやる、とでも言ったのかな？　だとしたら、あんたはその時計を譲られるに相応しい人間になる努力はしてきたか。お祖父さんがこの時計に抱いてきた思いを引き受ける覚悟はしてきたのかね？」

「覚悟……」

「持ち主に愛されてきた時計は、ただ時間を示すだけの道具ではない。そのひとの人生の時を共に生き、道標となったものだ。それを譲られるということは、そのひとの人生の一部を引き受けるということでもある。それができるかね？」

「……あんたには、できるって言うの？」

「私は何十年も、時計と共に生きてきた。人々が自分の時を託す道具を売り、修理してきた。自分の人生を捧げてきたんだ。それくらいの覚悟がなくて、どうするね」

店主は微笑んだ。挑まれているような気がした。

「俺にも……俺にも覚悟は、できる」

思わず言い返した。

「じいちゃんの時間を引き継ぐ覚悟くらい、今からしてやる」

口にしてから、自分でも驚いた。そして、祖父の亡骸を眼にしてから自分の中で続いていた混乱が、抜け落ちるように消えるのを感じた。

店主は頷いた。

「その時計を、腕にはめてごらん」

言われるまま、祖父の時計を腕に巻いた。調整しなくても、ベルトは腕に馴染んだ。

「ネジを巻くのは一日一回。夜には布で汚れを拭くように。そして何より、時計が刻む時間を心にも刻むように。そうすれば」

店主は、また笑った。

「そうすれば、あんたの時も輝くだろう」

店を出て、商店街を歩く。店主の「時が輝く」という言葉の意味は、よくわからなかった。

でもひとつだけ、理解できたことがある。

今、俺はじいちゃんの時を受け継いだ。

空を見上げた。夕焼けが赤かった。あのとき、堤防で祖父と見たのと同じ赤さだった。

9　小さな探索行　——捜し屋新城

その店——正確には店と言っていいのかどうかわからないけど——の前で、わたしはしばらく立ち止まっていた。

商店街の中にある、一見すると普通の民家のような外観の建物だった。ただドアだけは重々しい木製で、唐草のような形の鉄製パーツで飾られていて、ドア中央に掛けられているプレートには、こんな文字が書き込まれていた。

失くしたもの捜します

ただそれだけ。

普段なら気にすることもなく通りすぎているはずだった。でも今は藁にも縋《すが》りたい状態なので、その文字が御告げのように見えた。気が付くとドアノブに手をかけていた。

中はがらんとしていた。床に据《す》えられているのは古びた応接セットだけ。他に調度はない。人の姿もなかった。

「あの……」

恐る恐る声をかけてみる。返事はない。

ためらう気持ちが強くなる。やっぱり帰ろうか、と後ろを向きかけたとき、奥のドアが開いた。

「やあ、いらっしゃい」

姿を見せたのは山高帽を被った中年の男性だった。丸縁眼鏡にカイゼル髭、黒いインバネスという時代錯誤も甚《はなは》だしい格好で、見るからに怪しい。

「どうぞお座りください」

逃げ出すきっかけを失い、ソファに腰を下ろす。男性は向かい側に座った。

「で、ご用件は？」

訊かれたので、訊き返した。

「ここは、どういうところなんですか」

「ああ、そこから説明しないといけないのですね。私、こういう者です」

男性はわたしの前に名刺を差し出した。「捜し屋　新城」と書かれている。

「捜し屋？　シンシロ？」

「シンジョウです。それが私の名前。捜し屋というのは文字どおり、失くされたものを捜す仕事です」

「どんなものでも捜してくれるんですか」

「ええ、どんなものでも」

新城は自信ありげに頷く。

「それでお嬢さん、何を失くされたんですかな？」

「それが……カメラなんです。わたし、写真を撮るのが趣味で、いつもカメラを持ち歩いてて、気に入ったものをどんどん撮ってるんです。今日も家からカメラを持って出て、でも気が付いたらどこにもないんです。あちこち捜し回ったけど見つからなくて……あのカメラには今まで撮ってきた写真がいっぱい入ってます。店先にいた猫の大あくびとかシュークリームみたいな形の雲とか生まれたばっかりの姪とか……どれも失くしたくないんです。どうか捜してください」

一気にまくしたてた。新城は鼻の下の髭を撫《な》でながらわたしの眼をじっと見つめていた。

「わかりました。お捜ししましょう」

そう言うと彼は立ち上がった。

外に出ると、新城は颯爽《さっそう》と歩きだす。わたしは慌てて後をついていった。

「えっとですね、今日は家を出てまず公園に行ってそれからカフェでお茶して川沿いの遊歩道を散歩してそれから……あ、どこに行くんですか」

「心配なさらず。黙ってついてきてください」

新城はさっさと歩いていく。商店街を出て駅を過ぎ、住宅街を抜けて東へ。わたしが今日歩いてきた道筋とは全然逆方向だ。

行き着いたのは小さな神社の前だった。新城は中に入ると拝殿に向かい、賽銭《さいせん》箱に小銭を投げ入れた。

「さあ、あなたも」

促され、わたしもお賽銭を投じる。新城は柏手《かしわで》を打って眼を閉じた。

え……もしかして、神頼み？

啞然としてしまったが、行きがかり上わたしもお参りした。何を祈願すればいいのか。あ、そうだ、カメラだ。カメラが見つかりますように。

「では、これを引いてください」

新城が指差した先には「おみくじ」の文字があった。

今度も言われるまま、御神籤《おみくじ》を引く。出たのは中吉。

「失せ物……丑寅《うしとら》の方角にあり、ですか」

くじを覗き込んだ新城は、ポケットから方位磁石を取り出した。

「こちらです」

また歩きだす。わたしもついていったが、彼への信頼度は最低ラインまで下がっていた。

「本気で御神籤を信じてるんですか」

そう訊くと、彼は真剣な顔で、

「もちろんです。あの神社の御神籤は、よく当たるんですよ」

もういいです帰ります、と言いたかった。しかし新城が先にさっさと歩いていってしまうので、そのきっかけが摑めなかった。

細い路地を通り交差点を渡り、ずんずん新城は進んでいく。後をついていくので精一杯だった。

やがて行き着いたのは一軒の家。彼は躊躇《ためら》うことなくドアフォンのボタンを押した。

出てきたのは六十歳くらいの女性だった。

「突然にすみません。じつはこのかたが失くしたカメラを捜しているのですが、ご存知ありませんか」

「ちょ、ちょっと……」

慌てて止めようとしたが、遅かった。

「さあ、知りませんねえ」

女性は当然の返答をする。

「でもね、あのひとなら知ってるかも。三丁目の鈴木さん。あのひと、物知りだから」

「そうですか。ありがとうございます」

新城は礼を言って、また歩きだす。

「まさか、その鈴木さんってとこに行くの？」

「当然です。有力な手がかりですからね」

鈴木さんは在宅だった。禿げ上がった頭に白髭のおじいさんだ。

「カメラねえ……」

鈴木さんは髭をひねりながら、

「わしも昔はカメラに凝《こ》ってておってね、古いライカだったが大切に使っておったよ。あれはどこにやったかなあ……」

いや、あなたのカメラのことなんて訊いてないですから、と心の中で突っ込む。

「そのカメラ、どこにやったんですか」

と新城が訊く。鈴木さんは考え込んで、

「そうさなあ……たしか息子にやったと思うが」

「息子さんはどちらに？」

「今はドイツにおるよ。パン職人の修業をしてるんだ」

「なるほど、ドイツですか。ありがとうございます」

新城は礼を言って鈴木さんの家を後にした。

「今の話、わたしのカメラとどういう関係があるんですか」

ないに決まってると思いつつ、訊いた。しかし新城は平然と、

「重要な手がかりです」

と言う。

「私に心当たりがあります」

また、すたすたと歩きだす。その後ろ姿を見ながら、わたしは思った。こうなったら意地だ。最後まで付き合うしかない。

新城が次に訪れたのは町中にある瀟洒《しょうしゃ》な屋敷だった。新城は今回も躊躇うことなくインターフォンのボタンを押す。

――はい、どちら様？

「新城と申します。奥様はご在宅でしょうか」

――少々お待ちを。

出てきたのは背の高い西洋婦人だった。

「ワタシニ何カゴ用デスカ」

「奥様はドイツ出身でいらっしゃいましたね」

「ソウデス」

「このお嬢さんがカメラを失くされたのです。お心当たりはありませんか」

わたしは居たたまれない気持ちだった。どうしてこのひとに訊くの？　何の意味があるの？

「スミマセン、ワタシニハワカリマセン」

婦人はやはり当たり前の返答をする。

「デモ、かめらノコトナラ、なかばやしサンガ詳シイデスヨ」

「中林さんですね。ありがとうございます」

新城は礼を言って、また歩きだす。

「何なんですか、この行き当たりばったりは」

わたしもさすがに腹が立ってきた。

「全然関係ないひとのところばかり行って、本気でわたしのカメラを捜す気があるんですか」

「ありますとも。私は捜し屋ですから」

新城は大仰に頷く。

「でも、こんなことでカメラが見つかるとは思えませんけど」

「心配はいりません。さあ、行きましょう」

中林さんというのは、古びたアパートの管理人をしているひとだった。

「カメラを捜してる？」

「ええ、このお嬢さんのカメラです」

新城が言うと、中林さんはわたしたちを部屋の中に入れてくれた。そこはカメラの展示室だった。壁いっぱいに作られた棚に、カメラが所狭しと置かれている。

「これ、みんな中林さんのカメラですか」

わたしが訊くと、

「そうなのもあるし、そうでないのもある。あんたのカメラが混じってないか、捜してごらん」

言われるまま、棚をひとつひとつ見ていった。正直、全然当てになどしていなかった。

しかし、

「……あ」

見覚えのあるストラップに赤いボディのコンパクトカメラ。

「わたしのだ。どうして？　どうしてわたしのカメラがここにあるの⁉」

「そいつはさっき、遊歩道のベンチで寂しそうにしてたんで連れて帰ってきた」

中林さんは言った。

「持ち主には可愛がられてたみたいだが、あんなところに忘れちまうのはいただけないな」

「はあ……すみません」

謝るしかなかった。たしかに遊歩道のベンチに座って一休みしたっけ。そのときに忘れたんだ。

何度も礼を言って中林さんの家を出た。

「新城さんにも本当にお世話になりました。ありがとうございます。でも、どうして見つけられたんですか」

「地道な捜査の結果ですよ」

新城は言った。

「小さな事実の積み重ねが、失くしたものの行き場を教えてくれるのです」

たしかに小さな事実の積み重ねではあった。でも、それがなぜわたしのカメラに行き着いたのか、理解できない。

もしかしたら新城は、中林さんがカメラを拾って家に持ち帰るのを見ていたのではないか。いや、でもわたしが彼のところを訪れるとは予想できなかったはずだし。

「ひとつ、助言しましょう」

彼の店の前で言われた。

「事実はつながっているものではありません。つなげていくものです」

新城は帽子に軽く手を当てて会釈すると、店の中に消えていった。

ふと見ると、ドアに掛けてあるプレートの言葉が変わっていた。

失くした恋を見つけます
気が付くと、そのプレートを真剣な表情で見つめる女性がいた。わたしが後退《あとずさ》ると、彼女は意を決したようにドアを開いた。

10　秘伝の味　――ラーメン屋正栄軒

タウン誌のグルメページ担当ともなると、新しい店の情報も常に仕入れていかなければならない。なので毎日違うところでお昼を食べるようになり、いわゆる行きつけの店というのが作りにくい。

そんな中、珍しく複数回通っているのが、このラーメン屋だ。わたしのような二十代女性が入るには少々躊躇を覚えるような店構え――つまり、あまり見栄えがよろしくない――で、店内もカウンター席があるだけだった。変わったところと言えば、店の隅に稲荷の神棚が祀ってあることくらいだろうか。メニューは醤油味のラーメンのみ。これで「こだわりの麺」とか「秘伝のスープ」とかが売りならラーメンマニアが通いつめる店にもなるだろうが、味はいたって普通なのだ。どれくらい普通かというと、食べた翌日には「あれ？　あそこのラーメンってどんな味だったっけ？」と忘れてしまうくらいで、だから数日経つと味を確認するためにまた通わざるを得なくなる、といった具合。

店を切り盛りしているのは五十歳を過ぎているであろう親父さんひとり。こちらもラーメンに人生をかけた頑固親父なんてキャラなら話題にしようもあるが、これがどこにでもいそうなおじさん。愛想が悪いわけでもなく、かといって話し好きでもない。ラーメンの味同様、しばらくすると顔立ちも忘れてしまいそうなくらい特徴がなく、いまだに親父さんを知らないひとに容貌を説明することができない。

そんな親父さんの店だから、とびきり流行るわけでもなく、かといって閑古鳥《かんこどり》が鳴くこともない。いつもひとりかふたり客がいて、なんとなく店が続いているといった感じだった。

今日もまた、客はわたしのほかにひとりだけ。知らない者同士が少し離れた席で同じラーメンを啜っていた。

「そういや、駅の向こうに新しいラーメン屋ができただろ」

もうひとりの客が麺をたぐりながら言った。

「あそこ、ずいぶん流行ってるぞ。なんかトッピングとかいろいろあって、若い者に受けとるみたいだ。ここでもそういうことやればいいだろ」

「いや、ああいうのは手間がかかるんだよ」

親父さんは穏やかな口調で応じる。

「そういうこと言ってるから客を持っていかれるんだよ。営業努力ってものをしないと」

そう言ってから客は一気にラーメンを啜り、さっさと金を払って出ていった。

「わたしもその店、取材で行ってみましたよ」

食べ終わってから、わたしは言った。

「トッピングはチャーシュー、煮玉子、もやし、ねぎ、メンマ、海苔。どれもありきたりのものばかりでした。でも特筆すべきはスープです。豚骨醬油でコクがあって、なのにしつこく感じない。あれはなかなかの出来だと思います」

「ほう、そうですか」

親父さんの反応は薄い。それが少々癪《しゃく》に障《さわ》った。

「参考になるかどうかは別として、一度食べてみたほうが良いですよ。敵情視察は必要です」

そんなことを言ったのは、本気でこの店の行く末を案じたからだ。たしかに特徴のない味だけど、ここのラーメンが食べられなくなるのは困る。

何度もしつこく誘って、やっと親父さんとふたりで話題のラーメン屋に行くことができた。

清潔な雰囲気のせいか、客層はやはり若い。カップルで来ている若者もいる。店長も若い男性だった。

この店もメニューは豚骨醤油ラーメンひとつだけ。トッピングと麺の量でバリエーションを出している。

親父さんと並んでカウンターに座り、ラーメンを啜った。やはりこの店の売りはスープだなと思う。

親父さんはそのスープをレンゲで掬い、ゆっくりと啜っている。

「どうですか」

わたしが尋ねると、親父さんは少し間を置いて、

「なるほどね、という感じかな」

と答えた。感心したという意味だろうか。

店を出てから、もう一度訊いてみた。

「あそこのラーメン、どうですか。特にスープ」

「よく研究されていると思うな」

親父さんは言った。

「若いひとには受ける味なんだろうね」

ということは、自分の好みではないということか。どうもなんだか、手応えのない反応だ。

「味、参考になります？」

「なるような、ならないような。まあ、あんなものだろうね」

どうにも煮え切らない。もしかしたら内心の焦りを隠しているのかも。

会話が噛み合わないまま、その日は別れた。


事件が起きたのは、それから三日後のことだった。

例の豚骨醬油ラーメンの店に強盗が入ったのだ。

強盗は売上金を奪った上に若い店長をナイフらしきもので刺した。それどころか店に火を付け、全焼させてしまった。

事件発生の翌日、いつものラーメン屋の前を通りかかると制服姿の警察官が店から出てくるのを見かけた。慌てて店に入る。

「何かあったんですか」

問いかけると親父さんはカウンターを拭きながら、

「あっちのラーメン屋の事件のことで聞き込みにきたんだよ」

「聞き込み？　もしかして親父さん、疑われてるんですか。ライバル店の繁盛を妬《ねた》んで強盗に見せかけて殺したとか」

「物騒な想像するねえ。俺んとこだけじゃなくて商店街の他の店にも聞き込みに回ってるって言ってたよ」

「そうですかあ」

内心ホッとする。

「でも、じゃあ誰が犯人？」

「それは警察が捜してくれるよ」


親父さんの言ったとおり、二日後には犯人逮捕のニュースが流れた。わたしは知り合いの新聞記者から情報を聞き出し、その内容を親父さんに告げた。

「犯人は隣町に住んでる三十歳の男で、金目当てで襲って、店長に抵抗されたんで持ってた包丁で刺しちゃったんだそうです」

「不幸な話だね。で、放火のほうは？」

親父さんは麺を茹でながら訊いてきた。

「それなんですけど、変なんです。犯人は強盗殺人は認めてるのに、自分は火は付けてないって言ってるみたいなんですよ。絶対に放火はしてないって」

「そうか……」

親父さんは何か考えているような顔をして、

「火事の火元は訊いてる?」

「ええ。どうやら店の隅にあったゴミ箱らしいんです。コンロとかじゃなくて」

「……やっぱりね」

「やっぱり? どういう意味ですか」

わたしが訊くと、

「ちょっと待っててよ。これ作っちまうから」

やがて、わたしの前に一杯のラーメンが置かれる。

「これ食べて、正直な感想言ってみて」

妙なことを言う。

「はあ……」

不審に思いながら、まずスープから。

「……ん?」

もう一口。いつものこの店の味ではない。これは……。

「あの店の豚骨醬油スープじゃないですか!」

「わかるかい、やっぱり」

「わかりますよ。どうしたんです? あそこの店の秘伝を盗んだんですか」

「人聞きの悪いこと言わないでよ。盗んでなんかいない。ちゃんと買ったんだ」

「買った?」

答えるかわりに親父さんはわたしの前にあるものを置いた。

「……『こくうま醬油とんこつラーメン』……なんですか、これ？」

「だからスーパーで買ったんだよ。どこででも売ってるインスタントラーメンのパッケージ。今お嬢さんに食べてもらったラーメンには、これに付いてたスープを使ったんだ」

「まさか……市販のもの？」

「スーパーで手に入るものでも、店で仰々しく出されたら秘伝の味だと思ってもらえるんだな」

親父さんの言葉の意味が、そのときわかった。

「もしかして、あの店のラーメンは……」

「このスープを使ってたのさ。多分いろいろと試行錯誤しても、自分のスープを作り上げることができなかったんだろうな。思い悩んだあげく、市販のものを使って出してみた。そしたら評判になってしまった。きっとあの店長、退《ひ》くに退けなくなったんだろうね」

親父さんは同情するように言った。

「強盗に刺されたとき、彼が一番に考えたのは何だと思う？　自分の店の秘密を守りたいってことだよ。このことは絶対にバレたくないだろうからね。だから店長は最後の力を振り絞って、ゴミ箱に火を付けた」

「自分で火を？」

「そう。証拠になるもの、つまりこのパッケージを燃やしてしまうためにね」

そういうことだったのか。

「そんなことしてる暇に助けを求めたらよかったのに。そしたら死なないで済んだかも」

「他のことは頭になかったんだよ。秘密を守りたい一心だったんだろうね。お嬢さん、このことは黙っておいてやろうや」

「……ええ」

わたしはもう一度、スープを飲んだ。複雑な味がした。

「でも親父さん、どうしてあの店がこのスープを使ってるってわかったんです？」

「そりゃこの前、お嬢さんと一緒に食べてみたからだよ」

「あのときにもうわかってたんですか。でもよくわかりましたね」

「俺もこのラーメン、買って食べたことがあったからね」

「味を覚えるくらい何回も？」

「いや、一回きり。他のラーメンも食べなきゃならないから」

「他のラーメンって……」

「こう見えても俺だって、お嬢さんと同じように食べ歩いてるんだよ。研究のためにね」

親父さんは少しだけ微笑んだ。

「うちのラーメンは、その研究の成果ってわけ。これでも結構、秘伝の味なんだよ」

11　わたしを信じて　――シネマエウレカ

商店街の一角にある席数三十ほどの小さな映画館が私の仕事場だ。建物は古いし映写機もおんぼろ、そしてオーナーである私も誰が見たって年寄りだった。

上映するのは古い洋画ばかり。ほとんどが白黒で、戦前のものが多い。日に二回映写機を回すが、客席は毎回半分も埋まらない。

こんなので採算が合うんですか、と訊かれることもある。もちろん合うわけがない。客から得られる収入などでは一ヶ月の電気代もまかなえない。完全に持ち出しだ。この映画館は私の私財で成り立っている。要するに道楽なのだ。

道楽だから、好き勝手にやらせてもらっている。館内を飲食禁止にしているのは掃除の手間を減らすためだし、別の目的でやってくるような筋の悪い客も入場お断りにしている。本当に映画が好きな者だけが、この劇場での時間を共有してくれればいいのだ。

そんなやりかたをしているから、客のほうも古い映画が好きな年寄りが多い。昔は映画マニアの若者が来ていたりしたが、最近ではほとんど見かけない。昨今の若い者はCGがふんだんに使われたSF映画のほうが好みなのだろう。

だから、その男が現れたときは正直、客かどうかわからなかった。

そのとき私は劇場の前を掃除しているところだった。

「すみません」

声をかけられ顔を上げると、その男が突っ立っていた。若い、といっても二十代後半くらいだろうか。スーツを着た一見してサラリーマンとわかる風体《ふうてい》で、黒い革鞄を提げている。

「あの、この映画、これから観られますか」

そう言って指差したのは劇場の壁に貼られたポスターだった。

「ああ、あと十五分で上映だよ」

私は答えた。男はポスターを見つめて少し考えていたようだが、意を決したように――そう、まるで人生の一大決心をしたかのように――頷いて、入口に向かった。

私は彼の後について劇場に入り、受付に立った。

「ここは私ひとりでやってるんでね」

「そうですか」

料金をもらいチケットを渡す。男はいささか頼りなげな仕種で頭を下げると、客席に入っていった。

その回の客は他に五人。みんなここの常連ばかりだった。そのひとりに言われた。

「ずいぶんマイナーな映画をかけるんだな」

「名作はみんなＤＶＤで観られるからね。そういうのでないのを探したんだ」

「それにしても、よほどのマニアでもない限り、この映画を観ようなんて気にはならんぜ。来てるのもいつもの連中だろ？」

「まあね。ひとりだけ一見《いちげん》さんがいるが」

定刻どおり映写を始めた。

一九五八年制作のイタリア映画「青い空の下で」は無実の罪に問われた肉屋を主人公としたネオレアリズモの最後の成果というべき佳作だ。今ではもう忘れられた作品だが、見返してみると悪い出来ではない。ただ、いささか地味で退屈な部分もあり、批評家の受けも今ひとつ良くない。だが私には思い出深い作品だ。映画のフィルムを収集し始めた頃、年上の好事家《こうずか》から譲ってもらったものだからだ。その好事家も二十年前に他界し、彼のコレクションの多くは私のライブラリに収まった。

映写室にひとり籠もり、映写機を回しながら、小窓から劇場のスクリーンを見つめる。観客たちと一緒に映画を観るのも私の楽しみのひとつだ。

fineの文字が映し出されて映画が終わる。すぐに映写室を出て劇場に降りた。

「悪くないな」

「女優が今ひとつだが」

「カメラワークも垢抜けない」

「でもラストは泣けるね」

観終わった客から感想を聞くのが私の楽しみのひとつだった。

そんな中、あの若い男だけが座席に座ったまま動かないでいた。

感動で泣いているのかと思ったが、そんな風でもなかった。どちらかと言えば当惑しているような表情で、暗くなったスクリーンを見ている。

「どうした？　気分でも悪いのかね？」

「あ、いえ……」

男は立ち上がり、そそくさと劇場を出ていった。

翌日、同じ時刻にまたあの若い男がやってきた。その日の上映も昨日と同じ「青い空の下で」だった。

「今日も観るのかい？」

「あ、はい……」

申し訳なさそうに料金を払った。

映画が終わった後、彼はやはり無言で、しかし何か納得できないような顔付きのままスクリーンを見つめていた。

更に次の日、彼はまた同じ時刻にやってきた。

「この映画、今日で最後ですか」

「ああ、観るかね？」

「はい」

その日の客は彼と、もうひとりだけだった。私は映写室の小窓からスクリーンではなく彼が観ているはずの座席を見つめた。彼の頭は動かないまま、ずっと映画を観ているようだった。

映写後、座ったままの彼の隣の席に腰を下ろした。

「教えてくれないか。どうして同じ映画を三日続けて観に来たのか」

男は俯《うつむ》いていた。話したくないのかと思ったが、どうやら言葉を選んでいるようだった。

「妻が、家を出たんです」

不意に、そう言った。

「一週間前、仕事から帰ってきたら、いませんでした。実家に帰ってしまったんです。突然のことで、言葉になりませんでした。自惚《うぬぼ》れじゃないけど、夫婦の仲がそんなに悪いとは思ってなかった。ただ今年になって仕事が忙しくなったので、家に帰る時間が遅くなってたってことはあったんですが。でも、何も言わずに出てってしまうなんて酷いと思いました。すぐに彼女に電話しました。そして理由を教えてくれと言いました。でも彼女は、教えてくれなかった。ただ、本当にわからないのかと訊き返してくるだけだった。僕は正直にわからないと答えました。すると彼女は言ったんです。もうすぐ『青い空の下で』という古い映画が上映されるから観てみてって。意味がわかりませんでした。彼女は古い映画が好きでよく観てたのは知ってますが、僕は興味がなくて。でももしかしたら、映画を観たら彼女の気持ちがわかるのかもと思って、ここで観てみました。でも、全然わからなかった。三度観ても、わからなかった。ねえ、どういうことなのかわかりますか。僕、もうどうしようもなくて……」

男は頭を抱えた。

私は彼の横顔を見ながら、言った。

「三度観たから、映画の内容はわかるよな」

「ええ、肉屋の主人が身に覚えのない窃盗の罪で捕まって裁判にかけられて、それまで親切だった友達や近所の人間たちに非難されて、でも最後には無実が証明されて釈放される。そういう話ですよね」

「肉屋はたしかに無罪放免された。でも、一度壊れた仲間との信頼関係は取り戻せなかった。肉屋は自分を口汚く罵った人間たちのことを忘れられなかったんだ。彼は長年住み慣れた町を去った」

「後味の悪い話です。でもそれが……」

「『青い空の下で』というのは日本で付けられたタイトルなんだ」

私は言った。

「原題は『ABBI FIDUCIA DI ME』、直訳すると『わたしを信じて』だ」

「わたしを、信じて……」

「あんたは奥さんが出ていった理由がわからないと言った。でも、本当にそうかね？　何かなかったかね？　奥さんがあんたに『わたしを信じて』と言いたくなったようなことが」

男が、はっとした表情を見せた。

「思い当たったようだな」

「いや、でも、まさかあんな些細なことで……」

「あんたには些細なことでも、奥さんにはとても大事なことだったのかもしれんよ。あんたとの信頼関係が崩れるような、ね」

男の頭の中にいろいろな思いが駆け巡っているのが、よくわかった。彼は立ち上がった。

「どうするんだ？」

「妻のところに行かなくちゃ。言って、話をしないと。あの、ありがとうございました」

深々と頭を下げると、男は劇場を飛び出していった。

私は一番前の席に座っている、もうひとりの客に向かって言った。

「これでよかったのかね？」

客は立ち上がり、ふりむいた。

「ええ、これで充分」

「旦那さん、きっとあんたの実家に向かったはずだ。どうする？　無駄足になるぞ」

「これくらいの無駄、させてもいいんですよ」

彼女は微笑んだ。

「これで身に沁《し》みるでしょうから。ところで次の上映は『哀愁』でしたよね」

「ああ、たまには定番も上映しないとな。旦那さんと一緒に観に来るかい？　最後は男と女が悲劇を迎える話だが」

「きっと途中で寝ちゃいますよ。映画の良さなんて全然わからないひとだから」

そう言うと彼女は劇場を出ていった。

残された私は、場内の掃除に取りかかった。

12　レンズの向こうに　――三京眼鏡店

「……これでフレームの形状をトレースして機械に記憶させせます。それとこっちでレンズの光心を合わせて……」

「え？　何だって？」

若い男だが、声が小さく聞き取りにくかった。

「あ……だからここで光心を合わせてレンズを固定すれば、あとは機械が勝手に加工してくれますから……」

煮え切らない話しかたは直らない。

「わかったわかった。一応研修も受けてるしマニュアルも読んでるから今ここで教えてもらわなくてもいい」

業《ごう》を煮やしてそう言ってやると、男はそれきり黙ってしまった。

彼の前で一度動作確認をしてから受け取りにサインし、追い出すように店を出てもらった。早く新しい機械を試してみたかったのだ。

眼鏡業界もディスカウント店の進出で既存の個人店は経営が苦しくなる一方だった。今ここで新しいレンズ加工機を導入するのは、ある意味暴挙かもしれない。しかしまだ私はこの仕事をこの商店街で続けたかった。そのためには最新の技術を手に入れるしかないのだ。検眼機器も新しくした。もう後戻りはできなかった。「最新設備導入」と書き込んだチラシも配り、店も可能な限りきれいにした。

幸いにも反応は早かった。

「新しい機械ってどういうの?」

いの一番に鶴崎さんが興味深そうな顔で店に入ってくる。二十年来のお得意さんだ。うちで初めて眼鏡を作ったときは初々しい新入社員だったが、今では遠近両用眼鏡を愛用する管理職になった。

「眼鏡作りの精度が格段に上がった機械ですよ。安売り店で使ってるような自動検眼ではなく、技術者の技量がものをいうんでね」

「値段ではなく技術で勝負ってことか。うちの会社と同じだな。よし、最近老眼の度も進んだことだし、一丁作ってもらおうか」

鶴崎さんが呼び水になったのか、その後も客は続けてきてくれた。チラシの効果か初めてのひとも多く、こちらも張り切って応対した。閉店後、夕食のとき女房には「この分なら導入した機械の元を取れるのもそう遅くはないぞ」と、上機嫌で話したりもした。

翌日も、その翌日も、ぽつりぽつりとではあるが客が来てくれた。こんなに忙しくなったのは、ここ十年ほどなかったことだ。新しい機械が招き猫みたいに客を呼び寄せてくれたのかもしれない。閉店後は機械たちに手を合わせて拝むのを忘れなかった。

一週間後、最初に検眼した鶴崎さんのレンズが届いた。早速フレームに合わせて加工機で外周を削り出す。レンズをセットして加工したときに出る屑《くず》や水が飛び出さないようカバーを下ろし、ボタンを押すだけだから簡単なものだ。あっと言う間に完成した。

その日の午後、再び店を訪れた鶴崎さんに出来上がった眼鏡を渡す。試しに掛けてもらい、フィット感と見え具合を確認した。

「いいねえ。じつにいい」

気に入ってもらえたようだ。鶴崎さんは満足の笑みを浮かべて帰っていった。

しばらくは何事もなく日々が続いた。チラシ効果が薄らいだのか、客足も鈍ってきた。しかしきりきり舞いするほど忙しい日々よりも、こうしてのんびり仕事のできる日常のほうがいいのかもしれない。

鶴崎さんがまたも店を訪れたのは、眼鏡を渡して二週間ほどした頃だった。

「どうかされましたか。具合でも悪いので？」

思わずそう訊いてしまうほど、鶴崎さんの顔色が悪かった。

「いや、体のほうは大丈夫なんだ……いや、大丈夫じゃないのかもしれないが」

意味不明のことを言っている。そして恐る恐るといった表情で、

「あの眼鏡、おかしくないかな？」

そのときになってやっと、鶴崎さんが掛けている眼鏡が新品ではなく前に使っていたものだということに気付いた。

「おかしい、と言いますと？」

「なんだか、変なんだよ」

いささか要領を得ないのを、何度か訊き返してやっと鶴崎さんの言う「変な」ことが理解できた。

それは新しい眼鏡を掛けて会社に行った、その一日目から始まったらしい。

いつものように事務所でパソコンに向かって仕事をしているとき、ふと視界の隅に妙なものが見えたのだそうだ。

それは若い男の姿だった。

見かけない顔だった。ひどく疲れたような表情をして、ぼんやりと鶴崎さんのほうを見ていた。

もちろん社内の人間ではない。しかし鶴崎さんの部署は社内秘の書類を扱っているので社外の者が立ち入れないようになっているはずだった。

鶴崎さんは立ち上がり、その男に声をかけようとした。が、その瞬間、男の姿は拭ったように掻き消えた。

唖然としている鶴崎さんに、部下がどうしたのかと訊いた。鶴崎さんが、そこに知らない男がいなかったかと尋ねると、そんなひといませんでしたよ、と言われた。

腑に落ちなかったが、もしかして気のせいかもと思い、その場はごまかして済ませた。

しかし翌日、今度は自宅のリビングにその男が現れた。鶴崎さんが悲鳴をあげると、夫人が何事かと訊く。ほら、そこに知らない男がと指差したが、そのときにはもう男の姿は消えていた。

そんなことが連日続き、鶴崎さんは自分の頭を疑うようになった。脳に異変が起きてあらぬ幻影が見えてしまうのではないかと。心配で食欲も失せ、見る間に衰弱していった。

ところが昨日、うっかり新調した眼鏡を家に忘れてきてしまい、会社に置いてあった前の眼鏡で過ごさなければならなくなった。すると、毎日会社にも現れていたあの男の幻影が一度も見えなかった。

帰宅して新しい眼鏡を掛け直してみると、しばらくしてあの男が現れた。また悲鳴をあげそうになるのを堪えて、前の眼鏡に掛け直す。すると男の姿は消えてしまった。

「今日は一日、前の眼鏡で過ごしたんだ。そしたら、あの変な男は出てこなかった。もしかして、この眼鏡のせいじゃないのか」

「そんな馬鹿な」

思わず言ってしまった。

「眼鏡のせいで幻影が見えるなんて、そんな非科学的なことが起きるわけがないでしょ」

「そりゃまあ、そうだが……」

鶴崎さんは納得できない様子だったが、帰っていった。こちらはこちらで予想も付かないケチを付けられ、正直腹立たしかった。

ところが翌日、今度は別の客からもクレームを付けられた。あんたのところの眼鏡を掛けると、変な男の姿が見えると。

ふたりとも同じことを言っているところからすると、あながち言いがかりとも決めつけられなくなってきた。どうやらふたりの見ている男は同一人物らしい。

その翌日、恐れていたことが起きた。また違う客が同じようなことを言って眼鏡の返品を要求したのだ。しかも、それが何件も続いた。気付けば鶴崎さんの新しい眼鏡を作って以降の顧客全員が同じクレームを付けてきたのだった。

事ここに至ると、さすがに自分の作った眼鏡と妙な男との関連を信じないわけにいかなくなった。しかし、どういうわけだ？

確かめる方法はひとつだった。返品された眼鏡を自分で試してみるのだ。度の合わない眼鏡を使うのは苦痛だった。しかし我慢して掛けてみた。しかし、ずっと使っていてもどうということもなかった。やっぱり客の勘違いではないかとさえ思えてきた。あるいは誰かの嫌がらせかもしれないと。

そのときだった。視界の隅に人影が見えた。

思わず振り向く。そこにいたのは見覚えのある顔だった。

「ああ、あんたか。どうした？」

レンズ加工機を搬入したとき、聞き取りにくい声で説明してきた若い男だ。ひどく疲れたような顔をしている。

「なんだ？　何か用か。もしかしてあの機械が……」

言いかけたとき、はっと気付いた。

「おい、まさかおまえが何かしたんじゃないだろうな」

男は答えない。ただ疲れた眼でこちらを見ているだけだ。

「なんとか言え！　おいっ！」

立ち上がり、眼鏡を外した。その瞬間、男の姿が拭ったように消えてしまった。

「……！」

男がいたはずの場所を何度も見た。そして手にしている眼鏡を見つめた。指の間から眼鏡が落ちた。

すぐに電話をかけた。

「もしもし？　あんたのところの担当者いただろ？　ほら、この前レンズ加工機を搬入した……え？」

その返事に、文字どおり体が固まった。

——ええ、おたくからの帰りでした。駅のホームから落ちたんです。朝から風邪で熱があったらしいんですが、おたくへの搬入があるんで無理して出勤してたんです。タイミングも悪かったですね。落ちたのを助ける間もなく電車が……。

電話を切ったあと、自分の手が震えているのに気付いた。

「なんだよそれ……俺のせいだと思ってるのかよ……俺が追い出したから電車に轢《ひ》かれるタイミングでホームから落ちたとでも言いたいのかよ！」

怒りとも怯えともつかない感情に突き動かされ、レンズ加工機を蹴りあげようとした。と、ボタンも押していないのに機械が動きはじめた。まさか。レンズもセットしていないのに。

機械はすぐに停まる。

「くそっ、ポンコツめ！」

悪態をつきながらカバーを開けた。開けなければよかった。

眼が、合ってしまったのだ、彼と。

13　兎と江戸撫子――香川呉服店

「どうかしましたか」

店に入ってきた坂崎さんが浮かない顔をしていたので、そう尋ねた。

「それが……」

坂崎さんは言いにくそうにしていたが、やがて決心したように、

「じつは、この前ここで作っていただいた留袖《とめそで》なんですが」

「ああ、奥様のために誂《あつら》えた、あれですね」

「はい。じつは……おふくろが、返してこいと」

「え？」

突然のことに、思わず声をあげてしまった。

「何か不都合でもありましたか？　ちゃんと採寸しましたし、仕立ても長年信頼している和裁士さんにお願いしましたし、出来上がった後も奥様に試着していただいて問題ないことは確認したはずですが」

「そのとおりです。着物自体には問題ないと思います。ただ、おふくろが……」

「大奥様が、どうされました？」

「紋《もん》が違う、と言うんです」

坂崎さんは畳紙《たとうがみ》に包んだ着物を目の前に置いた。私はその場で着物を取り出し、背縫いの部分を広げてみた。

「たしか御宅の御家紋は『丸に江戸撫子《なでしこ》』とお伺いしておりますが」

「はい、そのとおりです」

描かれているのは丸に囲まれた五弁の花の紋章だった。私は文箱から使い慣れた商売道具を取り出す。家紋事典だ。ページを捲り、目的のものを探し出す。

「ちょっと御覧いただけますか」

着物の紋の横に家紋事典の開いたページを並べた。

「撫子紋というのはいろいろな種類があります。撫子、変わり撫子、陰撫子、山口撫子、そして江戸撫子。他にも種類はありますね。この中で江戸撫子というのは花弁が他のものより尖っていて五角形が強く感じられる紋です。微妙ですが区別はできます。これで見ると御着物に描いた紋は間違いなく江戸撫子です」

坂崎さんは困った顔で頷く。

「そうだと思います。じつは私もネットで確認してみたんです。着物に描いてもらったのは江戸撫子で合っていると思います。でも、おふくろが納得しないんですよ」

「それはまた、どうして？」

「わかりません。『これは違う。返してこい』の一点張りで」

「そう言われましてもねえ……」

私も困ってしまった。

「……そうだ、たしか大奥様の留袖も私どものところでお仕立ていただいたはずですが、その御着物の紋と比べてみてはいかがです？　同じはずですから大奥様も御納得していただけると思うのですが」

「それが……もうないんです。おふくろは自分が入院する前に留袖は処分してしまって」

「大奥様、入院されていたんですか。それは存じませんでした。しかしどうして留袖を処分など……」

「自分が長くないことを知っているようです」

坂崎さんは言った。

「正直、医者にはあと一ヶ月くらいだろうと言われてます。まだ意識はありますが、少しばかり朦朧としている状態です。今はおふくろに気持ちよく旅立ってもらいたい。家紋のことも心残りにしてほしくないんですよ」

「そうだったんですか……それは重ねがさね……しかし、どうしたらいいんでしょうかねえ」

「私も途方に暮れているんです。どうしたらいいのやら……とりあえず、この着物をお預けしていいですか。何か算段がついたら、また来ますから」

押しつけられるようにして売り渡したばかりの留袖を受け取ることになった。

その日の夕餉どき、私は妻に坂崎さんの一件について話した。

「どうしたものかなあ。紋を描き直してもらうにしても、大奥様が何をもって正しいと考えているのかわからないと直しようがない」

「そんなの簡単じゃないの」

妻は言った。

「そのお婆さん、ただ『返してこい』と言ってるだけでしょ。だったら『返しました』と言っておけばいいのよ。病院にいるんだから確認しようもないんだし」

「それは、どうかなあ。坂崎さんの気持ちを思うと、そんなにもドライに割り切るわけにはいかないよ」

「でも、もう病気で正気じゃないんでしょ。そんなひとを納得させることなんてできやしないわよ」

妻の言うこともわからないでもない。たしかに大奥様は意識が朦朧としているせいで正常な判断がつかなくなっているのだろう。このままこの問題は放置しておくしかないのかもしれない。

「しかし、どうして家紋にこだわるのかなあ……」

私は納得できなかった。

その翌日、坂崎さんから電話があった。

――おふくろの容体が、よくないんです。

「それは……なんと申し上げていいやら」

――おふくろは譫言《うわごと》みたいに「紋が違う。紋が違う。わたしのじゃない」と言い続けてます。あの留袖の家紋のことが、よほど気になっているのだと思います。なんとかなりませんか。

「なんとか、と言われましてもねえ……」

そのとき、ふと気になることがあった。

「でも……ちょっと待ってください。大奥様は『わたしのじゃない』と仰ったんですね？」

——ええ、たしかにそう言いました。

「もしかして大奥様は、あの留袖が奥様のものではなく御自分のものだと思われているのでありませんか」

——それは……どうでしょうね。よくわかりませんが……もしかしたら、そうかもしれません。でも、そうだとしても問題は解決しませんよ。

「そうですねえ……」

ちょっと考えさせてくださいと言って、一旦電話を切った。でも本当のところ、良い考えなど思いつきもしなかった。私は頭が煮え詰まるほど悩んだ末に、店を出た。気分転換したかったのだ。

夕暮れの商店街は明かりが灯りはじめていた。思案投首《なげくび》の体《てい》で歩いていると、向こうから見慣れた顔がやってきた。

「やあ伸吉さん」

声をかけると、その老人は皺だらけの顔を崩して、

「なんだ、店をほったらかして酒でも飲みに行くのか。なんなら付き合うぞ」

と返してきた。

「そんなんじゃないよ。こっちはいい方策が見つからなくて呻吟しているんだ。坂崎の大奥様のせいでね」

「坂崎の大奥様？」

「ほら、駅西の」

「ああ、徳子さんか。そういや病気だってな」

「みたいだね。伸吉さんは大奥様と知り合いだったかね？」

「知り合いも何も、近所だよ。あのひとが坂崎の家に嫁入りしてくるときから知ってる。なかなか豪勢な輿《こし》入れだったねえ。たしか実家は京都の有名な商家だったんじゃないかな」

「京都……」

そのとき、私の記憶を刺激するものがあった。

「その話、本当かね？　あ、いや、そんなことは直接確認すればいいことだ。伸吉さん、ありがとうよ」

踵《きびす》を返して店に戻ると、坂崎さんに電話をした。

「じゃあ、間違いなく大奥様は京都の出なんですね？」

——ええ、そうですが。それが何か。

「だったらひとつ、大奥様の御実家に確認してほしいことがあります」

大奥様は病室のベッドに横たわっていた。酸素マスクを被せられ、痩せ細っている。だが、眼は開けていた。

坂崎さんは私が託した黒い布を取り出すと、病室で広げた。

「おふくろ、これだろ？」

布の中央に描かれたものがよく見えるように近付ける。大奥様は顔を動かし、息子が見せているものに眼を凝らした。

瞳に生気が戻ったように見えた。

「ああ……これだよ。これが……わたしの……」

大奥様の眼から涙が溢れだした。

「ありがとう……ありがとうね」

私は満足して病室から出た。

「あの」

坂崎さんの奥様が追いかけてきた。

「わたし、事情がよくわからないのですけど、あれは何なんですか」

「大急ぎで紋章上絵師《うわえし》に紋だけ描いてもらいました。間に合ってよかった」

「あの紋、坂崎家のものではありませんけど」

「ええ、丸に江戸撫子ではありません。あれは、女紋です」

「女紋？」

「一族の家紋とは別に女性だけが持つ紋ですよ。嫁入りした後も女は女紋を使うんです。大奥様の女紋はあれ――月に兎でした。旦那様から大奥様の御実家に問い合わせてもらって確認しました」

「女紋なんて、そんなの聞いたことないんですけど」

「この地方では知られていないですから。主に関西、京都や大阪あたりの風習です」

私は奥様に一枚の紙を見せた。丸い三日月の中で兎が跳ねる姿を描いたものだ。

「おそらく大奥様はこちらに輿入れしてきたとき、女紋の風習を婚家、つまり坂崎家のひとに受け入れてもらえなかったのでしょう。そして月に兎の紋を使わせてはもらえなかった。関西の女性が他の地域の家に嫁ぐと、そういうトラブルはよくあるらしいです。そのことが大奥様の心にずっとずっと残っていたのだと思います。それが奥様の留袖を見せられたときに一気に思い出された」

「それでお義母《かあ》様は……なんだか、不憫な話ですね」

「他のひとには些細なことでも、御本人にはいつまでも心残りになることは、あるものですね」

「そうですね……」

奥様はそう言いながら、何か考えるように私が渡した紋を見ていたが、ふと顔を上げて、

「わたしの留袖の紋、こちらに変えていただくわけにはいきませんかしら」

「あなたが女紋を引き継ぐと？」

「今ならもう、女紋は駄目だとか小言を言う者もおりませんし」

そう言って、奥様は微笑んだ。

「それにわたし、この紋が気に入りましたの」

紋入替《もんいれかえ》をした留袖を納めたのが、それから一週間後のことだった。奥様は大奥様の病室にその留袖を持っていき、臨終のときまで病室に飾っておいたのだそうだ。

葬式には私も参列した。祭壇に飾られた大奥様の遺影は留袖姿だった。

「着物に一ヶ所、合成で手直ししてもらいました」

喪主の坂崎さんが言った。どこを、とあらためて訊く必要もなかった。焼香のときに相対した大奥様の遺影は、穏やかな表情をしていた。

14　意外な評判　――立川新聞店

最初は誤配か未達のクレームかと思った。しかし電話機から聞こえてくる先方の声は、すこぶる機嫌がよかった。

――本当に感謝してるんですよ。ありがたいことです。

「はあ……」

先程から同じことばかり繰り返し言われている。感謝されるのは嬉しいことだが、理由がわからないのは少々気持ち悪い。

――またよろしくお願いしますね。

最後にはそう言って電話を切られた。最後まで何を言われているのかわからなかった。

「誰から？」

女房に訊かれる。

「四丁目の島田さんのおばあちゃんだよ。なんだかえらく感謝された」

「どうして？」

「それがわからないんだ。理由も言わずに勝手に『ありがとうありがとう』とか言うばっかりでさ」

そのとき、津川が配達から帰ってきた。

「おい、おまえたしか四丁目に配ってたよな。島田さんとこで何かしたか」

「いえ、何も」

津川は答えた。最近働きはじめた新聞奨学生だが、覚えも早く、てきぱきと仕事をこなしてくれるので重宝している。

「なんかクレームですか。俺、未達しちゃいましたっけ？」

「いや、逆に誉めてくれたんだよ。ただ、その理由がわからない。まあ、問題が起きたわけじゃないからいいけどな」

時刻は五時半を過ぎた。そろそろ夜が明ける。配達員は全員戻ってきた。午後二時半過ぎに夕刊が届けられるまで、新聞配達の仕事は一段落する。

朝食を終え、いつもの日課である愛犬タロを引き連れての散歩に出かけた。タロはまだ若いので引き綱をぐいぐい引っ張って先へ先へと行きたがる。力があるので制御するのに一苦労だ。

今日は気が向いて四丁目方面に向かってみた。

島田さんの家は結構大きな建物だ。いかにも資産家といった門構えで、塀越しに見える木々も丁寧に剪定されているのがわかる。タロに引っ張られながら門の隙間から覗き込んでみると、前庭を箒《ほうき》で掃いている老女がいた。間違いない。島田さんのおばあちゃんだ。以前に神社の祭礼で顔を合わせたことがあるから覚えている。そろそろ八十歳近い年頃だったはずだが、見たところ足腰もしっかりとしているようだった。

声をかけてみようか、という気持ちが起きたが、やめておいた。

その四日後の朝、また島田のおばあちゃんから電話がかかってきた。

――いいかげんにしてちょうだい！

今度は怒りの電話だった。

――もう、お宅の新聞は取りません！

「あの、何か不都合でもありましたか」

なるべく相手の神経に障らないよう下手に出ながら尋ねた。

――自分の胸に訊いてみるといいわ。本当に恥知らずなんだから！

それだけ言うと、電話は一方的に切られる。

「今度は何？」

女房に訊かれた。

「わからん。うちの新聞を取るのをやめると言われた」

「どうして？」

「理由は教えてくれなかった」

「島田さんのところは三十年以上取ってくれてるお得意さんよ。理由もわからずにやめられるなんて夢見が悪いわ。ちゃんと謝ってきてよ」

「謝ってって言われてもなあ……」

何を謝ればいいのかわからない。しかしとりあえず朝の仕事を終えてから出かけることにした。

菓子折りを持って島田さんの家を訪れると、出てきたのは、これも顔馴染みの女性だった。たしか長男のお嫁さんだったはずだ。

　事情を説明するとお嫁さんは恐縮した様子で、

「それはわざわざすみません。どうしてお義母《かあ》さん、そんなこと言ったのかしらねえ」

「何か私どもがお気に障るようなことをしたんでしょうか」

「どうでしょうか。そんなことは何も言ってませんでしたけど……ああ、でもたしかに今朝は機嫌が悪かったわ。朝御飯のおかずが気に入らなかったのかと思ったけど、わたしには何も言わなかったし」

　そこで声を落とし、

「お義母さんね、もともと気分屋なの。嬉しいことがあっても気に入らないことがあっても大騒ぎするんだから。でも、そんなに気にすることないですよ。すぐに忘れちゃいますから」

「そうなんですか」

「ええ、昔からお宅の新聞を好んで読んでますしね。毎朝一面から隅々まで読んで、チラシも全部眼を通すくらい。だから気にしないで、これからも配達してくださいな」

「はあ……では、そうさせていただきます」

　とりあえず菓子折りを置いて帰ってきた。そして次の日もいつもどおり島田さんのお宅に新聞を届けさせた。文句は来なかった。

　しかし二日後、また電話があった。

　――どういうことなの！　もう二度とうちにお宅の新聞を入れないで！

　おばあちゃんはこの前と同じように、受話器の向こうで怒鳴っていた。

「あの、何がいけなかったのでしょうか　お教えいただければ改善いたしますので」

――そんなこともわからないの！　本当に恥知らずね！

そう言うと、電話を切られてしまった。

「……なんなんだ」

頭を抱えてしまった。そのとき、津川が配達から帰ってきた。

「おいおい、また島田さんからクレームが来たぞ。ほんとにおまえ、何もしなかったのかよ？」

問い詰めると、津川は困惑したように、

「してないですよ。俺はただ新聞をポストに投函してるだけだし……」

と、弁解する。まだ疑わしかったが、それ以上責めるわけにもいかなかった。

「やれやれ、もう一度謝りに行くかな」

愚痴りながら朝刊配達後の後片付けにかかる。ふと見ると、津川が店の奥で新聞を熱心に読んでいた。

「どうした？　大学に行かなくていいのか」

「今日は一限目が休講なんです。ちょっと古い新聞見せてもらっていいですか」

「いいけど、残ってるかな」

「捜してみます」

そう言って倉庫に向かった。何を考えているのかわからない。

しばらくすると、津川が戻ってきた。

「島田さんの件、俺に任せてもらっていいですか」

「任す？　やっぱりおまえ、何かしたのか」

「してませんけど、心当たりはあります。ちょっと確認させてください」

そう言われたので、よくわからないながら承諾した。

その翌日も、津川は新聞を持って配達に出た。

すると五時半頃に電話がかかってきた。例によって島田のおばあちゃんからだ。また怒られるかと思ったら、

――ありがとうね。感謝します。

そう言われた。

――ほんと、お宅の新聞を取っててよかったわ。

「はあ……」

事情がわからないまま、生返事するしかなかった。

津川が戻ってくるとすぐに尋ねた。

「何があった？」

「島田さん、どうでした？」

逆に訊かれる。

「今日は誉めてくれたよ」

「やっぱり」

「やっぱりって、何だ？」

「もう少し実験させてください。そしたら説明します」

次の週も、その次の週も、島田のおばあちゃんからお誉めの電話をもらった。狐につままれたような気分だった。

「教えてくれ。何がどうなっている?」

我慢しきれず、戻ってきた津川に訊いた。

「最初に誉めてくれる電話があった日と怒られた日に届けた新聞を読んでみたんです。何か共通項はないかって」

津川は説明した。

「そしたら誉めてくれた日の新聞には、このチラシが入ってました」

彼が見せたのは、「唐崎《からさき》ひろしCD全集発売」というチラシだった。

「唐崎ひろし? あの演歌歌手か」

「若手で一番人気ですよね。俺は聴かないけど、お年寄りには特に人気らしいです。で、こっちが怒られた日の新聞に載ってた週刊誌の広告です」

津川が開いた面には「唐崎ひろしの爛《ただ》れた愛欲事情」という煽情《せんじょう》的な文字が躍っていた。

「唐崎ひろしがプロダクションの女社長と不倫をしているってゴシップらしいです。その後、島田さんがクレームを付けてきた日の新聞には、その続報を掲載した雑誌の広告が載ってました」

「ということは……」

「島田さんの家に行って、お嫁さんに確認してきました。おばあちゃん、唐崎ひろしの大ファンだそうです」

「じゃあ、新聞にゴシップ記事の広告が載ってたから怒ったのか。しかしそれは新聞の責任じゃないぞ」

「でも、おばあちゃんはそのゴシップを見せつけた新聞に怒りを覚えたんでしょうね。だからもう新聞を取らないと言いだした」

「そんなことなのか……しかし、それがどうしてまた誉めてくれるようになったんだ？」

「お嫁さんにお願いして、新聞に唐崎ひろしのゴシップ記事のことが載ってたら切り取っておばあちゃんに渡してもらうようにしたんです。それと、これをチラシの間に挟んでおきました」

津川が見せたのはＡ４の紙に大きく文字が印刷されたものだった。タイトルは「週刊唐崎ひろし通信」とある。

「ネットで拾った唐崎ひろし関連の話を印刷したんです。もちろんゴシップとか悪いものは載せてません」

「おまえが作ったのか」

「たいした手間じゃないですよ。唐崎ひろしがらみのいい話って、意外に多いんで」

津川は笑ってみせた。

「たしかに、これで長年のお得意さんを引き止められるならいいんだが。しかし、こんなことをいつまで続けるつもりだ？」

「まあ、あと三回も続ければいいんじゃないかと思ってるんですけど」

そのとき、店の電話が鳴った。女房が出る。

「新しく、うちの新聞取りたいって」

女房の声が弾んでいた。

「島田さんのおばあちゃんに勧められたんだって。唐崎ひろしファンなら取るべきだって」

また電話が鳴った。

「もしもし……あ、はい……新聞契約ですか。ありがとうございます……え？　唐崎ひろしですか」

思わず津川と眼を合わせた。そして言った。

「悪いが、もう少しそれを続けてくれよ」

15 思い出のメンチボール ——塚田精肉店

知らない町を訪れて、そこに商店街などがあったりすると、つい足を踏み入れたくなる。出張の多い仕事をしているせいか、これまでに何十という商店街を訪れた。

その町にも、駅から続く商店街があった。昨今はシャッターの閉じた店ばかりが連なる寂れたところが多いのだが、ここは珍しく活気がありそうだった。もしかしたら、ここにならあるかもしれない。そんな淡い期待を抱きながら歩きだす。

歩いていてすぐに奇妙な感覚を覚えた。初めて来たはずなのに、どこか懐かしい。いわゆるデジャ・ヴというやつだ。商店街巡りをするとよくこの感覚に出くわす。たぶん俺の故郷の町とどこか似た空気が流れているのだろう。

程なく食欲をそそる油の匂いに気付いた。迷わずその匂いを追って足を早める。見つけた。いかにも商店街の一角にありそうな個人経営の肉屋だった。

覗いてみると牛肉豚肉鶏肉を並べたショーケースの隣に、目当ての物があった。店で作った惣菜のコーナーだ。

コロッケ、ハムかつ、唐揚げ、焼売《しゅうまい》。商品名が書かれた札が並んでいる。その中に、見つけた。

「メンチボール」の文字。

思わず、おお、と声をあげそうになった。

ショーケースに眼が吸い寄せられる。落ち着け。まだ俺が求めているメンチボールかどうかわからないぞ。下手な期待は持つな。今までだって何度も裏切られてきたじゃないか。

一般にメンチボールというと、玉葱を入れた挽《ひ》き肉を文字どおりボール状に丸めた上で衣を付けて揚げたものが多い。メンチカツとミートボールの中間みたいなものだ。だが俺が欲しているのは、そういうものではない。俺が食べたいのは……。

「……あった」

今度は我慢できず、声を出してしまった。そこに並べられていたのは、ボール形ではなく俵の形にまとめられたものだった。そして表面には黒い餡がたっぷりとかけられている。

間違いない。あのメンチボールだ。

ショーケースの奥に小太りの店主がいる。たぶん四十代、俺と同い年くらいだろうか。コロッケを揚げている最中だった。太い菜箸《さいばし》を器用に扱いながら、油の中のコロッケを転がしている。

「あの」

俺は店主に声をかけた。

「このメンチボールですけど、かかってるのは甘酢餡ですか」

「そうだよ」

店主は即答した。

「三つください」

俺も即答する。

ポリエチレンのパックに入れられたメンチボールを受け取る。

「ここで食べていいですか」

「いいよ。箸いるかね？」

割り箸を受け取り、早速食らいつく。

軽い酸味と濃厚な甘味のある餡が最初に舌に乗り、続いて挽き肉の柔らかな食感が口の中に広がった。

ああ、間違いない。これだ。俺が探していたものだ。

瞬く間に三個のメンチボールを平らげてしまった。

店主が不思議そうに俺を見た。

「なんであんた、泣いてるんだ？」

気付かなかった。貪り食いながら俺は泣いていたのだ。

「すみません……あまりにも懐かしくて」

俺は涙声で言った。

「この店に来たのは初めてですけど、このメンチボールは俺の……思い出の味にそっくりなんです」

「思い出の味っていうと？」

「子供の頃、家の近くにここととよく似た商店街があって、その中にやっぱりここととよく似た肉屋があったんです。その店で作っているコロッケや肉団子を母親がよく買ってきて食卓に上っていました。俺はその店の惣菜が大好きでした。中でもメンチボールは、本当に好きだった。こちらのと同じ形で同じように甘酢餡がかかっていて。いつも三つ四つ平気で食べてました。俺の舌は、あの店のメンチボールで作られてきたと思ってます」

「つまり、思い出の味ってわけだね」

「そのとおりです。それに……」

初対面の相手なのに、つい話してしまいたくなった。

「それに、あのメンチボールは俺の、とても大切なもうひとつの思い出が詰まってるんです。じつは、その肉屋の店主には俺と同い年の娘がいました。たぶん学区が違うんで小学校は別だったんですが、髪が長くて青い洋服が似合ってて、すごく可愛い子でした。肉屋の看板娘みたいなことをしてて、客が来るたびに『いらっしゃいませ』とか『ありがとうございました』とか言うのが愛らしいと客にも評判だったんです。母親がよく『あんな女の子が家《うち》にもいたらねえ』なんて言ってました。

俺はお遣いとかさせられるのは大嫌いだったんですが、その肉屋にだけは自分から進んで買いに行ってました。メンチボールを食べられるのが嬉しかったってのもあるんですが、目的のひとつ、いや第一の目的は、その女の子に会うためでした。俺が行っても、その子は『いらっしゃいませ』と言ってくれました。そして『お遣いですか。がんばってますね』とも言ってくれました。俺も何か言わなきゃと思ったんですが、恥ずかしくて何も言えませんでした。大急ぎで買い物を済ませて店を飛び出しました。そのくせ、あの子と何か話したかった、もっと顔を見ていたかったと後悔ばかりしてたんです」

話しながら俺は、あの頃のむず痒いような甘酸っぱいような感覚を思い出していた。

彼女はいつも店の中で、自分の椅子を用意してもらって座っていた。膝の上にピンクのうさぎのぬいぐるみを置いていた。客が来ると立ち上がって「いらっしゃいませ」と微笑んだ。花が開いたような素敵な笑顔だった。小学生だったが、俺はこの子よりきれいなひとは世界のどこにもいないと思っていた。

「それで、その子とはどうにかなったのかね？」

店主に訊かれ、俺は我に返った。

「あ……いや、そんなこと、何もありませんでしたよ。俺はただ、あの子を見ていればそれで……」

「純情だったんだな」

「まあ、ね。小学生なんだから、しかたないじゃないですか」

茶化されて、一層恥ずかしくなった。それでも彼に話さないではいられなかった。

「俺が六年生の秋でした。いつものように肉屋に行くと店に貼り紙がしてありました。それには『今月末で閉店します』と書かれていたんです。俺はびっくりして店に飛び込みました。いつものように女の子が『いらっしゃいませ』と言いました。俺は恥ずかしさも忘れて彼女に訊きました。

『閉店するって、ほんと？』

『本当よ』

彼女は言いました。

『店を閉めて引っ越すんだって』

『どこに？』

『知らない。遠いところ。でも、向こうでもお肉屋さんやるって。ね、お父さん？』

女の子が声をかけると、その店の店主が『ああ』とだけ返事しました。

『引っ越したお店でも、メンチボール作るの？』

俺が訊くと、

『もちろん。うちの名物だもの。また買いに来てね。そのときは、わたしが奢《おご》ってあげる』

彼女は屈託《くったく》なく言いました。あの子に会ったのは、それが最後です」

店主は揚がったコロッケを並べながら、俺の話を聞いていた。俺は続けた。

「そして本当に月末になると、店は閉まっていました。どこに引っ越したのかわかりません。あのとき聞いておけばよかったと思います。その日以来、俺は行く先に商店街があると肉屋を探してます。そして見つけた肉屋でメンチボールを探してます。俺が大好きだったあのメンチボールを食べたくて。そして、あの子に会いたくて」

「あんた、独身かい？」

店主が訊いた。俺は首を振る。

「十年前に結婚して、子供もふたりいます。今更あの子に会ってどうこうなんて思ってません。ただ、子供の頃の思い出を追いかけているだけなんですよ」

「俺も、そうだよ。十年前に結婚した」

店主が言った。そのとき、店の奥からひとりの女性が出てきた。

「いらっしゃいませ」

俺と同い年くらい、色白で品のいい女性だった。

「うちのメンチボールが、このひとが子供の頃に食べた思い出の味と同じなんだとよ」

店主が言うと、

「まあ、じゃあ……前にあった店の？」

「引っ越しする前の店に来てたひとらしいな」

「そうなんですか」

女性は俺を見つめた。俺の心臓が急に動きを早くした。

「もしかして……あなたが……」

「違うよ」

俺の思いを断ち切るように、店主が言った。

「女房は十年前、この店に嫁いできた。実家は本屋。肉屋じゃない」

「それじゃ、この店は俺の知ってる、あの店じゃないんですか」

「いや。間違ってない。あんたが子供の頃に通ってたのは、この店だ。十五年前に、俺が親父から引き継いだ」

店主は微笑んだ。

「そして、あんたが探してたのは……俺だ」

「…………え？」

「これでもガキの頃は見目麗しかったんだぜ。まるで女の子みたいだと言われてた。俺も茶目っ気があったんで、姉貴のお古を着て女の子の真似をしてたんだ。それを見た親父が俺を店の看板娘に仕立てたのさ。おかげで店は結構繁盛してたよ。あんたみたいに俺目当ての客が贔屓にしてくれたからな」

「あ……」

言葉にならなかった。そんな……。

「メンチボール、もうひとつどうだい？」

店主は言った。

「あのときの約束だ。奢ってやるよ」

16 写っている人——濱田寫眞館

店の扉を開けて入ってきたのは、人相のよくわからない男性だった。なにせ顔の下半分が隠れるほどマフラーを巻き、ニット帽を目深に被っている。着ているのはバーガンディのハーフコートに黒いジーンズ。靴はこれから冬山登山に出かけようとしているかのようなごついものだった。

「いらっしゃい」

私が声をかけると、初めてここに人間がいることに気付いたかのように、少しだけ体をびくつかせた。そしておずおずと話しかけてくる。

「あの……ここで写真を撮ってくれるんですよね？」

「ええ。撮影のご依頼ですか」

「まあ……そうです」

少々煮え切らない言いかただった。

「では、こちらへどうぞ」

男性を奥のスタジオに案内した。彼は物珍しそうに周囲を眺めながら、

「ここ、古いんですねえ」

「ええ、曾祖父の時代から使ってますから」

「ああ、やっぱり」

「やっぱり?」

「あ、いえ、なんでもありません……」

どうも挙動不審だ。私は少し怪しみながら訊いた。

「ところでお写真は証明写真ですか。それともお見合い写真でしょうか」

「それが……これと同じ写真を撮ってほしいんですけど」

ポケットから一枚の写真を取り出す。

セピア色に褪せたその写真には、椅子に腰掛けた軍服姿の若い男が写っていた。なかなかの男前だ。何か思いつめたような表情をしていて、視線を心持ち上に向けている。傍らのフラワーテーブルの上には花瓶が置かれ、百合の花が一輪活けられている。背景は空を模したホリゾントで、それが妙に私の記憶を刺激する。

「これは……」

「こちらの写真館で撮影したものです」

「ああ」

思い出した。このホリゾントはうちに昔からあるものだ。たしか曾祖父の時代から使っている。さすがに古いものなので最近はほとんど使用しないのだが。

「これは曾祖父が撮ったものに間違いないでしょう。あの当時は出征《しゅっせい》する兵隊さんがよく写真を撮りにいらっしゃったと祖父から聞いたことがあります」

懐かしい思いで写真を見つめる。曾祖父は当時としてはモダンな考えの持ち主で、この写真館を開いたのも趣味が嵩じてのことらしい。

写真は本来喜ばしい記念のために撮るものだ。なのに兵隊さんたちは死地に赴く自分の姿を留めるためにカメラの前に立った。シャッターを押すのが辛かった、と曾祖父は祖父に話していたと聞いた。これも、そうして撮影した一枚なのだろう。

「ここに写っているのは親族の方ですか」

私が尋ねると、

「まあ、そんなようなものです」

男性は曖昧に答えた。

「撮ってもらえますか。まったく同じように」

「同じようにと言われましても、ねえ。ホリゾントや花瓶や花は用意できても、この軍服は……」

私が首を捻ると、男性はハーフコートを脱いだ。その下には真新しい軍服を着込んでいた。

「なかなか念が入ってますねえ」

感心した。登山靴かと思っていたのは軍靴だったのだ。

「帽子もあります」

バッグから、これも新品らしい軍帽を取り出した。

「それだけあるなら、充分ですね。少々お待ちください。準備しますので」

幸いホリゾントは破れてもいなかったが、長い間使わなかったので埃《ほこり》が溜まっていた。それをきれいにするだけでも結構時間がかかった。さらに同じ商店街にある花屋に出かけて百合の花を買ってきたり、それを花瓶に差して飾ったりと意外に手間のかかる作業だった。

すべてが整うまで、男性は無言で待っていた。

「さて、準備ができましたよ。撮影しましょう」

男性は椅子に腰掛けた。

「あの、カメラはフィルムを使ってほしいんですが」

「デジカメでも今はフィルムと遜色のない写真が撮れますよ。その場でプリントできて即手渡しできますし」

「でも、フィルムがいいんです」

男性は頑《かたく》なに言った。

「……わかりました」

もとより私もフィルムカメラのほうが手慣れているし好みでもある。父の代から使っているカメラを三脚に据え、ファインダーを覗いた。

「ところでお客さん、ニット帽とマフラーは取らないんですか」

私が言うと、男性は初めて気付いたように帽子とマフラーを取った。

出てきたのは、若い男の顔だった。

「写真の方にそっくりですね。やっぱりお祖父さんか、曾お祖父さんですか」

「まあ、そんなようなものです」

さっきと同じ返答だった。

問題もなく撮影を終え、現像したものは三日後に渡すと言うと男性は帰っていった。

約束の日、彼は前と同じ服装でやってきた。私は言った。

「写真はできました。ただ……」

「ただ？」

「どうしてもわからないことがあります。理屈じゃ説明できないんです」

私は自分で現像した写真を彼に差し出した。

「お持ちの写真、もう一度見せていただけますか」

拒否されるかと思ったが、男性は素直に写真を出してくれた。

二枚の写真を並べる。

「やっぱりそっくりですね。人物、背景、小物、どれもぴったりと一致する」

「そのように撮ったからでは？」

「たしかに。でも、ここまでそっくりというのは異常です。百合の花の大きさや向きまで同じだなんて考えられない。それよりも不思議なのは、この花瓶です」

私は白い花瓶を指差した。

「昔からここにあったものだから、てっきり曾祖父の代からあるのだと思ってました。でも昨日おふくろに訊いてみたら、三十年くらい前に親父が買ったものだと言われました。三十年前ですよ。つまり、この写真が撮られたと思われる時代には存在していなかった。これ、どういうことなんですか」

「あなたは、どう思いますか」

男性に訊き返され、私は返事に窮《きゅう》した。

「正直なところ、常識では考えられないことです。でも……」

「常識は、とりあえず置いておきましょう。そうすれば答えは見えてくるはずです」

「つまり……あなたは、この時代の人間ではない？　戦前からタイムスリップしてきたというんですか」

「少し違います。僕がやってきたのは過去からではない。未来からです」

「未来……」

「言ってみればタイムパトロールみたいな存在だと思ってください。この時代よりずっと先に、そういう職業が生まれます。もちろんタイムトラベルが可能になってからですが」

男性は言った。

「僕たちの仕事は違法なタイムトラベルによって乱れた時間軸を正すことです。因果律というのは思った以上に厄介でしてね、一ヶ所が狂ったらそこだけ修正すればいいというものではない。問題の時点より過去に戻ったり未来に進んだりして様々な微調整が必要になるんです。今回のケースでは過去にあるひとりの人物を創作しなければならなくなりました。その仕事を僕が担うことになったんです」

「あなたが過去の人物になるわけですか」

「ええ。そして彼の人生を全うする。予定では戦争で九死に一生を得て帰国し、仕事をして結婚し、子供を育てることになっています」

「それがあなたの人生？　でも、誰か別の人間の役を演じることになるんですよね。あなた自身はどうなるんですか」

「僕は、望んでこの任務を選んだんです。過去に興味があるんですよ。できれば戦後の混乱期から復興までを自分の眼と体で実感したい」

男性の表情は晴れやかだった。

「それに、あなたにも会えましたしね」

「私にも？　どういうことですか。そもそもどうして私にあなたの写真を撮らせたんですか」

「これも時間軸修正のために必要なことだからです。あなたには僕のことを知っていてほしかった。それが後の歴史に影響を及ぼすのでね。では、これで失礼します」

それだけ言うと、男性は去っていった。

残された私は何が何だかわからないまま、唖然として店先に突っ立っていた。

そのとき、奥からおふくろが出てきた。

「お客さんだった？」

「あ、いや……どうした？」

「あんたが曾お祖父さんのことを訊いたから、ちょっと気になって探してみたの。写真があったわ」

おふくろはセピア色の写真を私に差し出した。

「出征する前に自分で撮ったとか言ってたらしいけど」

私はその写真を穴が開くほど見つめた。

軍服姿の若者。空のようなホリゾント。白い花瓶に、百合の花。

「……違う。この写真を撮ったのは……」

「え？」

「あ、いや、何でもないよ。この写真、もらっといていいかな」

「ああ、いいよ」

私はその写真を額に入れて飾るつもりだった。そうすることを曾祖父が望んでいるような気がしたからだ。

色褪せた曾祖父の写真。それは私が撮影した写真。

我ながら、いい出来だった。

17　アドバイザー　——金岡青果店

働きはじめて三時間でわかった。俺に八百屋の仕事は向いてない。

前にやったコンビニの仕事も年賀葉書の配達の仕事も向いてないと思ったが、それ以上に向いてない。

なんたってキツすぎる。野菜がこんなに重いものだとは思わなかった。ダイコン、キャベツ、ハクサイ、みんな重い。段ボール箱いっぱいのニンジンなんて死ぬほど重い。

その上、こんな古ぼけた商店街のぼろい店だから客なんてほとんど来ないだろうと思ってたのに、昼時とか夕方になるとひっきりなしに誰か来てシイタケをくれだのサヤエンドウはないかだのサトイモが欲しいだのと言ってくる。そんな客を相手にするのも大変だ。なにせこの店ときたら全部自分で勘定して代金を請求しなきゃならない。モヤシ一袋にレンコン一本にトマト一山で消費税込みでいくらになります、なんて即座に計算できるわけがないだろ。今どきどうしてバーコードじゃないんだ？　あり得ないだろ。

ああ、いやだ。もう帰りたい。帰って寝たい。

しかし、それはできなかった。俺のほうから富雄叔父さんに頼み込んで仕事をさせてもらっている以上、辞めるわけにもいかない。

そもそも親からの仕送りを月の半ばに使い切ってしまった自分が悪い。半月以上同じバイトができない自分が悪い。大学生の分際で毎晩飲み歩いていた自分が悪いのだ。わかってるって。もう頼れるのは親父の弟である富雄叔父さんしかいなかった。金を貸してくれと頼み込んで断られ、

「うちで働くというのならバイト代をやる」

と言われたら、働かせてくださいと言うしかないじゃないか。

それにしても叔父さんの店、流行ってるな。客が後から後からやってくる。この辺はスーパーとかないのか。それともスーパーより安いのか？

「商売繁盛だね。眼が回りそうだよ」

叔父さんに言ったのは、少しだけ皮肉を籠めてのことだった。

「当然だろ。誠実に仕事をしてりゃあ、ちゃんとお客さんはついてきてくれる」

叔父さんは言った。

「それに、うちには福の神のご加護があるからな」

「フクノカミ？　何それ？」

と訊いたら、

「そのうちわかる」

叔父さんは笑った。

次の日、筋肉痛を抱えながら店に顔を出すと、

「今日、三時から町内の葬式に出なきゃならないんだ。ひとりで店番を頼む」

と言われた。いきなり店を任されるのはキツいよ、と思ったけど、断れる立場でもなかった。

「大丈夫かなあ」

気弱にそう言ってみたけど、

「大丈夫大丈夫。おまえならできる」

と、返されてしまった。

「あ、ひとつだけ大事なことを言っておかなきゃならんな。もしかしたら店に変な客が来るかもしれん」

「変な客って？」

「見ればわかる。その客は店から野菜を何かくすねていくと思うが、止めなくていいぞ」

「くすねるって、盗むってことだよね。それって客じゃなくて泥棒じゃないの？」

「いや、大事な客だ。くれぐれも怒ったり捕まえたりするんじゃないぞ」

なんだか謎のようなことを言って、叔父さんは喪服に着替えて出ていった。

残された俺はぽつりぽつりとやってくる客の相手をしながら、「こいつが変な客か？」なんて考えたりしていた。

一時間くらいした頃だろうか、客足が途絶える時間帯があった。今のうちに店先の野菜を補充しておこうと倉庫を行き来していたら、

「おい、おまえ」

不意に声をかけられた。振り向くと小さな子供が立っている。顔だけ見ても男の子か女の子かわからない。ボブカット、というよりおかっぱといったほうがいいような髪形で、藍色の着物に

草履を履いている。

「おまえ、この店の者か」

子供は偉そうな言いかたで訊いてきた。

「え？　あ、ああ、そうだけど」

どぎまぎしながら答えると、

「ふん、ちんけな顔をしてやがる」

鼻で笑いやがった。俺は意味がわからず、

「ちんけって何だ？」

と訊き返したら、

「ちんけも知らねえのか。最近の若造はものを知らないな」

と、また笑った。ちょっとムッとして、

「一体、何の用だよ？」

「用なんてねえよ」

そう言いながら、店先の籠に盛っておいたキュウリを一本手に取ると、いきなりかぶりついた。

「お、おい！　何するんだ⁉」

「食ってやってるんだよ」

言い返しながら子供は、瞬く間にキュウリを食べてしまった。

「今日もいい品を揃えてるじゃねえか。よしよし」

「よしよしって、おまえなあ……」

とっ捕まえて怒鳴りつけてやろうかと思った。が、そのとき思い出した。もしかしてこれが、叔父さんの言っていた「変な客」なのだろうか。いや、客というより泥棒なんだけど。

子供は素知らぬ顔で店の中をうろつきながら、

「どれどれ……」

と呟き、今度はトマトをひとつ手に取った。

「あ」

声をあげかけたけど、我慢した。子供はトマトにかぶりつき、汁をこぼしながら平らげてしまった。

何だろうこれ？　泥棒というにはあまりにも堂々としていて、こっちが気後れしてしまうほどだ。それにこの時代錯誤な格好。まるでこれは……。

唐突に思い出した。じつは俺は大学で民俗学の講義も受けている。そのとき、教授からこの子供とそっくりの絵を見せられた。

座敷わらしという妖怪の絵だ。

この妖怪がいると家は栄え、富が貯まるという言い伝えがある、と教授は言った。

まさか、この子が……。

「なあ、おまえもしかして、座敷わらしか？」

思いきって訊いてみた。すると子供はこっちを向いて、

「おまえ、馬鹿じゃないか」

と言い返してきた。

「座敷わらしなんて迷信に決まってるだろうが。そんなもの、いるもんかよ」

「じゃあ、おまえは何なんだよ？」

「おいらか。おいらはな」

子供はトマトの汁で濡れた口許を手でぐっと拭いて、言った。

「おいらはマネジメント・アドバイザーだよ」

「……へ？」

思いっきりミスマッチな言葉が出てきて、俺は戸惑った。

「大企業から個人経営の小店舗まで、ニーズに沿ったアドバイスで利益と企業イメージをアップさせるプロフェッショナルさ」

「……はあ」

「鳩が豆鉄砲食らったような顔するんじゃねえよ。ったく、ここの親父は悪い人間じゃねえが、雇われてる奴は最低だな。これじゃあ店のイメージダウンに繋がる。早々に解雇するようにアドバイスしないとな」

「解雇って……俺を辞めさせるつもりか⁉」

「当然だろ。ろくに仕事もできず客扱いも下手。そんなの雇ってたら損するばかりだ」

「おい、よしてくれ。ここを辞めさせられたら俺、どうしようもなくなるんだよ。辞めさせるなんて言わないでくれ！」

小さな子供相手に、俺は真剣に頼み込んだ。子供はその様子を馬鹿にしたような顔で見ていた

が、

「じゃあ、使い物になるかどうかもう少し見ててやる。ちゃんと仕事しろ」

子供は店の奥の椅子に座って腕組みをした。

ちょうど新しい客が来たところだった。俺はおどおどしながら応対した。

「このカボチャ、甘いかしら？」

「えっと、それは……」

食べてみなきゃわからないだろ、と言いかけて子供のほうを見る。俺を試すように見つめていた。

「……あ、あの、甘いです。きっと甘いです」

「ほんと？　甘くなかったらどうする？」

「それは……えっと、代金、お返しします」

それは叔父さんがいつも言ってることだった。「うちの野菜が美味くなかったら代金お返ししますよ」と。

客はカボチャを買って帰った。

次の客はインゲンを負けてくれと言ってきた。どうしようかと迷ったが、これも叔父さんがいつもやっているように、もう一袋買ってくれたらおまけしますよと言って、結局二袋買わせた。

一事が万事そんな感じで、俺は子供に監視されながら客に応対させられた。いつものろのろやっていた金勘定も見られていると思うと急いでやるしかなかった。

大忙しの時間帯をなんとか乗り越え、閉店の時刻が近付いてきた。俺はもう、へとへとだった。

「よし、わかった」

子供が椅子から立ち上がった。

「わかったって、何が？」

「おまえの力量だよ。そんなもんだな」

「それって、不合格ってことか。クビなのか」

「それは、これからのおまえ次第だよ」

そう言うと、子供は店から出ていこうとした。が、ふと立ち止まってこっちを向いた。

「ひとつだけアドバイスしといてやる。自信を持て。おまえは自分に自信がないから何をやっても中途半端にしちまう。でもな、今日はひとりで店の切り盛りができただろうが。やりゃあできるんだよ。できた自分に自信を持て。わかったな」

それだけ言って、子供は出ていった。

「おい、ちょっと待ってくれ！」

慌てて追いかけたけど、子供の姿はするりと抜け落ちるように消えてしまった。

俺は店先で呆然と立ち尽くしていた。

「おい、どうした？」

声をかけられて気が付くと、富雄叔父さんが立っていた。

「ああ、叔父さん。さっきまでいたんだよ」

「いたって何が？」

「座敷わらし……じゃなくて、マネジメント・アドバイザーとかいう子供」

「そうか。出たか」

叔父さんは満足そうだった。

「で、どうだった？」

「どうもこうも、こってり絞られた。それで、もっと自信を持てって言われた」

「もっと自信を持て、か。なるほど、いい言葉だ。おまえ、これから先ずっとその言葉を忘れるな。きっと役に立つ」

「そうかな……でも、あの子供って一体……」

「だから、マネジメント・アドバイザーさ。自分でそう言ってるんだから、そうに違いない」

叔父さんは笑った。

「時代に合わせて呼び名は変わるってことだ。昔から福の神ってのは、ただ福をもたらしてくれるだけのものじゃなかった。どうしたら福が来るか教えてくれるものだったんだよ。つまりは、アドバイザーだ」

「……じゃあ、あれはやっぱり……」

「四の五の考えるな。おまえは授けてもらったものを大事にすればいいんだ」

授けてもらったもの、か。俺はあの子供のことを思い出した。生意気だったけど、嫌な奴じゃなかったな。

「明日も忙しいぞ。大丈夫か」

「……うん、大丈夫」

俺は言った。

「明日も、やってみる」

18 一冊のサイン本——秋林堂書店

朝食時、新聞の社会面を読んでいると、ひとつの記事が眼に飛び込んできた。

「どうしましたの？」

向かい側に座っている妻に訊かれた。どうやら声をあげてしまったようだ。

「津和《つわ》茜《あかね》の訃報が載っている」

私が言うと、妻も眼を見開いて、

「まあ、あのかた、亡くなったんですの？」

「そのようだな。まだ若かったはずだが」

癌《がん》で闘病生活をしていたと記事には書いてある。どうりで最近、彼女の新刊が出ないと思っていたら、そういうことだったのか。

記事には続けて「年齢、出身地など身許に関することはすべて非公開。『夏の点鬼簿《てんきぼ》』で三益賞を受賞。寡作ながら評価の高い作品を発表しつづけた。葬儀はすでに親族で執《と》り行われた」と書いてある。

「あの津和さんがなあ……」

コーヒーカップを置き、ふと物思いに耽った。

マスコミ嫌いで写真なども一切公表せず、ただ作品だけで世の中に対峙していた孤高の作家、というのが津和茜という小説家に対する一般の理解だろう。それは間違っていない。ごく親しい編集者にしか会わず、自作に対する授賞式にも出席しなかったと聞いている。まさに隠遁者《いんとんしゃ》のような作家だった。だから彼女の本当の姿を知る者など、ほとんどいないはずだ。

そんな津和茜を知る少ない者のひとりが、私だった。

新聞を見ながら、あのときのことを思い出した。たしか二十年近く前の、暑い夏の日だった。

あの日、私はいつものように店で本の整理をしていた。この商店街で本屋を始めて十五年目だった。その頃から小さいながらも充実した品揃えを目標にしていた。

新しく届いた本を平棚に並べながら、ふと外を見た。白茶けた陽差しに晒された商店街が陽炎《かげろう》のように揺らめいて見えた。

そのとき、店の前を歩いていた女性が不意に膝を折った。まるで糸の切れた操り人形のようだった。

私は店を飛び出した。

「どうしました?」

声をかけても返事がない。これはまずいと思い、抱えるようにして店の中に引き入れた。

異変に気付いたのか、店の奥から妻も出てきた。

「どうしたんですか」

「いや、今そこで倒れそうにしてたんだよ」

「まあ。もし、大丈夫ですか」

妻が声をかけると、女性はようやく顔を上げた。

「……すいません。少し眩暈《めまい》がして……」

「それは大変。ちょっと待っててね」

妻は奥に引っ込むと、すぐに水の入ったコップとお絞りを持って戻ってきた。

「熱中症かもしれないわ。とりあえずお水を飲んで」

「……ありがとう、ございます」

女性はコップを受け取ると、一気に飲み干した。妻は冷えたお絞りを彼女の首筋に宛《あて》がった。

「こうして体を冷ますと楽になるわ」

しばらくそのままの格好でじっとしていた。その間に私は女性を観察した。歳の頃なら三十歳前後。華奢《きゃしゃ》な体付きで、あまり健康そうには見えない。顔立ちは整っていて髪も艶《つや》やかだった。少し古びた青いワンピースを着ていた。

女性は荒い息をしていたが、それが次第に治まってきた。やがて顔を上げる。

「ありがとうございました。だいぶ気分が楽になってきました」

「まだ無理しないで。奥で休む？」

「いえ、結構です。その椅子に座らせていただけますか」

レジ前に置いたスツールのことだった。私は手助けしながら彼女を座らせた。

「お世話をおかけします。やっぱり熱中症かもしれませんね。今日はちょっと、はしゃぎ過ぎました」

「どこかへ遊びに出かけたんですか」

「いえ、わたしは……」

そのときやっと、彼女は周囲を見回した。

「……ああ、こちら、本屋さんですね」

「そうですけど」

「よかった。ここに来たかったんです」

女性は立ち上がった。まだふらついているように見えたので、慌てて傍に寄る。

「もう、大丈夫です。あの、つかぬことを伺いますが、津和茜の本は置いてありますか。今日、何軒か本屋さんを回ったんですけど、見つからなくて」

「つわあかね、ですか」

「はい、今日発売のはずなんです」

「それならまだ段ボールの中かもしれない。ちょっと待ってくださいよ」

私は取次から届いた段ボールの中身を出していった。

ふと見ると、女性が真剣な眼差しで私の作業を見ている。目当ての本がなかったら相当気落ちしてしまいそうだった。私は妙な責任感を覚えながら、本を取り出していった。

「……ありましたよ」

その本は『水の戒律《かいりつ》』というタイトルだった。作者は間違いなく津和茜。

「この本を買いたかったんですか」

「いえ、そうではなくて……本屋さんに並んでいるのを見たかったんです」

女性は言った。

「初めての本なので」

「初めての……」

その言葉で、ぴんときた。

「もしや、あなたが津和茜さんですか」

私の問いかけに、女性は困ったような笑みを浮かべた。

「そうですか。デビュー作なんですか。それはそれは、おめでとうございます」

「ありがとうございます。この本、ここに並ぶんですね？」

「ええ、これも何かの縁です。目立つところに置きましょう」

「ありがとうございます。本当にありがとうございます」

女性は何度も礼を言った。すると妻が、

「折角ですから、サインをいただいたら？」

と言う。

「ああ、それはいいな。是非ともお願いしたい。津和さん、よろしいですかな？」

しかし女性は表情を変え、

「それは……いけません。本が汚れてしまいます。売り物になりません」

「著者のサインを汚れとは言いませんよ。むしろ売りになるくらいです」

と勧めたのだが、彼女は固辞した。

「御厚意を無にするようで心苦しいのですが、それだけは御勘弁ください」

そうまで言われると無理強いもできなかった。

「わかりました。でも精一杯売らせてもらいますよ」

「ありがとうございます。一生恩に着ます」

女性は私が本を平棚に置くのを嬉しそうに見届けると、また何度も礼を言って店を出ていった。

「愛らしいかたね」

妻が言った。

「ああ、そうだな」

その夜、私は自腹を切って『水の戒律』を自分の店から買い、読んでみた。そして驚いた。瑞々しい文体に地味ではあるが読む者を引きつける物語。登場人物の息づかいまで聞こえてきそうな描写に深い思想。一読して傑作だと思った。すぐに妻にも読ませた。

「素敵な小説ね」

妻の感想も同じだった。

「こんなに素敵な本なら、無理言ってサインをいただけばよかったわ」

以後、私たちは津和茜のファンになった。新刊が出るたびに可能な限り仕入れ、ポップを立てたり客に勧めたりと売り込みに励んだ。最初は評判にもならなかったが、売り上げは着実に伸びていった。そして名作『夏の点鬼簿』が賞を獲ったのを機会に文字どおり津和作品はブレイクした。私は自分自身が成功したかのように喜んだ。そして世間では覆面作家と思われている彼女の素顔を知っていることを密かに誇りに思った。

その津和茜が、もうこの世にはいない。胸にぽっかりと穴があく、というのはこういうことをいうのかと思った。それくらい落胆したのだった。

皮肉にも彼女の死は著作の売り上げを更に伸ばす結果となった。一時期は在庫が切れて大慌てするほどだった。

やっと全著作が書店に並んだ日、ひとりの訪問者が店に現れた。

その姿を見て、私は唖然とした。

「あなたは……」

「御無沙汰しております」

女性は深々と頭を下げた。

「本当なら、もっと早くに御挨拶をするべきところでしたけど、御無礼をお許しください」

「津和さん……あなたは、亡くなったはずでは……」

「はい、津和茜は死にました」

彼女は言った。

「わたしが、彼を看取りました」

「彼……？」

「津和茜は、わたしの夫です」

「しかしあのとき……」

「わたしが津和茜と間違えられたのを訂正しなかったことはお詫びします。夫に自分の正体は明かさないようにと厳命されておりましたので」

「でもどうして？」

「作家は自分を表に出すべきではない、というのが夫の信念でした。純粋に作品だけで勝負したかったのだと思います。こちらで本を探したことを話すと、大層怒られました。なのでこちらへもあの日以来、参ることができませんでした。でもあの日、こちらに『水の戒律』が並べられたことは、とても喜んでおりました。いつか礼をしたいと言っておりました」

女性は不意に涙ぐむ。

「亡くなる一週間前にも、彼はこちらのことを話しました。いつか礼をしたいと思っていながら、できなかった。それが心残りだと。こんなことならもっと人と触れ合って生きておけばよかったと」

「それは……」

返す言葉が見つからなかった。何か言わなければと思いながら、何も言えない。

女性はそんな私に一冊の本を差し出した。

「これを、夫から託《ことづ》かってまいりました」

『水の戒律』の初版本。あの日、私が書店に並べた本だ。

「夫の、津和茜の最初で最後のサイン本です。どうかお納めください」

私はそれを受け取った。表紙を開くと「津和茜」という署名があった。震えている文字に、それを書いたときの彼の容体が窺えて、胸がつまった。

女性はそれからたびたび、店を訪れてくれるようになった。他愛ない話をして、ときに本を買ってくれた。津和茜の話はしなかった。

彼のサイン本は私の書架にある。時折開いて、震えた文字を見る。そんなときはなぜか、静かな曲を聴きたくなるのだった。

19　看板怪獣トララ　——三ツ谷煙草店

この町に越してきて一番驚いたのは、いまだに商店街に活気があることだった。

俺の住んでた町では駅前でも商店街はとっくに寂れていて、シャッターばかりが並んでいたけど、ここはどこも朝から元気に店を開けているんだ。

休日なんかには散歩がてらいろいろな店を覗いたりして、結構楽しい。値段も安いから食料の調達も苦労しないし。まあ、中には変な店もあるけどね。

変な、というほどでもないけど、いつも通っていて、でもなんか奇妙な感じを受けるのが、あの煙草屋だ。

今どき煙草なんてコンビニか自販機で買ってしまうものだと思っていたけど、ここにはちゃんと煙草屋がある。客と直接やりとりをする、昔ながらの商売だ。

こういう店にいるのは、大抵お婆さんと相場が決まっている。その店で店番をしているのも、小柄なお婆さんだ。白髪をお団子にまとめて、少しくたびれた割烹着《かっぽうぎ》を着て、カウンターの前に正座している。いつも居眠りしていて、客が声をかけるとやっと眼を覚ます。

「はい、いらっしゃい。何にしましょ」

俺がいつもの銘柄《めいがら》を告げると、お婆さんはどっこいしょと体を動かして一箱抜き出し、ぽんとカウンターに置く。

古臭い、でもありきたりな店だった。だけどひとつだけ、奇妙なところがある。

店の前に変なものが置いてあるんだ。

高さ一メートルくらい。ずんぐりとした形で、見た目は後ろ足で立ち上がった猫のよう。背中に鰭《ひれ》みたいなものが付いていて、尻尾は恐竜みたいだった。全身オレンジ色で、唐草《からくさ》かアラベスクみたいな模様に覆われている。顔つきは妙に愛嬌があって、大きく開けた口の中から真っ赤な舌が覗いていた。不思議にポップで、でもどこか屈折してて、とにかく印象に残る。そんなオブジェだった。

店で何度か煙草を買って顔馴染みになった頃、お婆さんに訊いたことがある。

「これ、何?」

「トララ、っていうんだって」

お婆さんは答えた。

「孫がね、作ってくれたの。看板怪獣だって」

「看板怪獣？　何それ？」

「ほら、看板犬とか看板猫とかいるでしょ。あれと同じ。店のマスコット」

お婆さんの孫は大学で美術だかデザインだかの勉強をしているそうで、この怪獣のオブジェも課題で作ったものらしい。

「この怪獣が来てからね、お客さんが増えたの。招き猫みたいなもんかしらね」

お婆さんはころころと笑った。

「招き猫、ねえ」

たしかに眼を惹くけどね。

トララは店を閉めても同じところに置きっぱなしにされていた。夜、帰り道でばったり会うと、ちょっとびっくりする。

朝、仕事に出かけるときも、トララは朝日を浴びながら突っ立っている。なんだか奇妙で、でも平和ともいえる光景だった。

ある日、そのトララが店先から消えていた。

「トララ、どうしたの？」

「いなくなっちゃった」

お婆さんは、あっさりと言った。

「誰かが持ってっちゃったみたい」

「盗まれたの？　それ、まずいじゃん。警察とかに知らせた？」

「ううん」

「やばいよ。どうするの？」

「大丈夫大丈夫」

お婆さんは、のほほんと言う。招き猫とか言ってたわりに、意外に思い入れがなかったのかな。

孫がせっかく作ってくれたのに。ちょっと納得できなかった。

でも、それから三日くらいしただろうか、煙草を買いに行ってみると、トララが前と同じ場所に立っていた。

「あれ？　トララ見つかったの？」

「帰ってきたみたいね」

「帰ってきたって……盗んだ奴が返しにきたんだよね」

「どうかしらね。朝起きたら、そこにいたから」

お婆さんは相変わらず、鷹揚《おうよう》に構えている。

俺はトララを見た。どこといって変わった様子もない。いたずらもされなかったみたいだ。まん丸な眼が俺を見返している。こいつ何考えてるんだろう、と思った。

その後もときどき、トララは姿を消した。盗んでくださいと言わんばかりに店先に置いてあるから、やっぱり盗られやすいんだろう。でも、数日すると必ず同じ場所に戻っている。

「もしかして、同じ奴が盗んだり返したりしてるんじゃない？」

俺が訊くと、

「そうじゃないみたいね。みんな別々」

お婆さんは答える。

「どうしてわかるの？」

重ねて訊くと、お婆さんは笑って答えなかった。

ある晩、俺はいつもより酒を飲んで、かなり酔っぱらった。仕事先でむしゃくしゃすることがあって、つい飲みすぎてしまったんだ。

どこをどう歩いてきたのかさえ覚えていない。気が付くと駅を出て商店街を歩いていた。

ふと見ると、あの煙草屋の前にトララが立っている。

「よお、トララ」

声をかけてみた。返事はない。

「なんだよ、お得意さんに挨拶もなしかよ」

突っかかってみたけど、やっぱり何の答えも返ってこなかった。

「かっこつけやがって。おまえみたいなヘタレ怪獣、怖くも何ともないんだからな。嘘だと思うなら、俺と相撲取ってみろよ」

挑発しても、トララは無視だ。

「よし、おまえがそんな態度なら、こっちからやってやる」

俺はトララに飛びかかった。がっぷりと組んで腰のあたりに手を当て、一気に吊り上げた。あっけないほど簡単に、トララは持ち上がった。見かけよりずっと軽いんだ。

「この野郎、見かけ倒しだな」

——連れてってくれよ。

不意に、そんな声が聞こえた。

——なあ、連れてってくれよ。

唐突に、トララを連れて帰りたくなってしまった。俺はトララを担ぎ上げたまま歩きだした。そして自分のアパートまで持っていき、部屋に持ち込んでしまった。

「よし、もう少し飲むぞ。おまえも付き合え」

冷蔵庫から缶ビールを出して一気に飲む。そこで記憶が途絶えた。

次に気付いたときには、朝になっていた。遅刻ぎりぎりの時間だ。

「やばい！」

慌てて起き上がる。そして、目の前にトララがいるのを見つけた。

「あ……そうか、持ってきちゃったんだ」

どうしよう。返しに行こうか。いや、今はそんなことしている暇がない。大急ぎで着替えてアパートを飛び出した。

その日、仕事をしている間も部屋にいるトララのことが気になってしかたなかった。やっぱり返さないとまずいかなあ。でもお婆さん、警察には知らせないだろうし。どうするかなあ。

寄り道せずに帰ってくる。トララは朝と同じように部屋にいた。

やっぱ可愛い。もう少し自分の手許に置いておきたい。そんな気持ちが湧き上がってくる。俺はトララと向かい合って夕飯を食べ、トララを待たせて風呂に入り、寝酒を飲んで寝てしまった。

真夜中に、眼が覚めた。誰かがアパートのドアを叩いている。

――おまえが盗んだのはわかってるんだぞ。

そんな声が聞こえた。まずい。俺はトララを抱えると、窓から飛び出した。

そのまま夜の町を駆けだす。

――逃げたぞ！

後ろから声がした。誰かが追いかけてくる。俺はトララを抱えたまま、無我夢中で走った。

気が付くとビルが林のように並び立つ街中に出ていた。振り返ると大勢の人間が追いかけてきている、ような気配がした。

もう駄目だ。俺はトララを放り出して逃げ出した。

――おいおい、見捨てるつもりかい？

ひどくざらざらした声で言われた。トララだ。あいつが喋ってる。

――勝手に盗んでおいて、それはないよなあ。

そんなこと言ったって、しかたないじゃないか。俺は逃げなきゃならないんだ。

――逃げるって、何から？

決まってるだろ。俺を追いかけている奴らからだ。

――どこに、そんな奴らがいるんだい？

だからそこに……。

見ると、誰もいない。街の中にいるのは俺とトララだけだ。

――あんたが逃げなきゃならないのは、あいつらじゃないよ。

トララが言った。次の瞬間、あいつの姿が変わりはじめた。

どんどん大きくなっていく。俺の背丈を超え、歩道橋を超え、ついにはビルより大きくなった。

――さあ、逃げな。さもないと、食っちまうぜ。

トララは大口を開けて舌を伸ばし、俺に襲いかかってきた。

悲鳴をあげて逃げ出そうとする。けど、足が動かない。

――いくじなしめ。度胸もないのにおいらを盗みやがって。

長い舌が俺を搦め捕る。真っ赤な口が迫ってくる。

やめて！　助けて！

俺は悲鳴ごと、トララに飲み込まれた。

そして、眼が覚める。

もう、陽が昇っていた。俺がいるのは、自分の部屋の自分の寝床だ。

起き上がった俺は、また悲鳴をあげた。

目の前にトララがいる。その眼がじっと、俺を見ていた。

「……わかったよ。俺が、悪かった」

アパートを出て、早朝の町をトララを抱えて歩きだす。

あの煙草屋の前に来た。お婆さんが箒で店の前を掃いている。ひどく気まずいけど、今更戻れない。

「おはようさん」

俺に気付いたお婆さんは、当たり前のように声をかけてきた。

「あの……」

トララを抱えたまま、俺は口籠もる。

「わかってるよ。そこに置いといて」

言われるまま、トララを立っていた場所に置いた。

「あの……ほんと、ごめん」

「あんたが謝ることないの。みんなね、この子が悪いんだから」

お婆さんはトララの頭をぽんぽんと叩いた。

「ここに立ってるだけじゃ退屈するみたいでね、ときどきここを通るひとを誘って、連れてってもらってるみたい。あっちこっち遊びに行って。ほんと、孫に似て道楽者だから」

「いや、それは……」

本当にそうだったのだろうか。あのとき「連れてってくれよ」という声が聞こえたのは……。

俺はトララを見つめた。じっと見つめた。

——そんなに見るなよ。恥ずかしい。

声が聞こえた、ような気がした。

20 紳士の薫陶 ——樽谷酒店

「やっぱりワインは今、チリですよ」

息子が熱弁を振るっている。

「品質管理がしっかりしてるし、栽培技術も向上してます。何と言ってもオーガニックですよ。害虫対策は農薬じゃなくてガチョウを畑に放ってやってるし、ぶどうの木に排気ガスを吸わせないよう従業員は自転車で畑に通うって徹底ぶりです。それでいて価格は超お手頃。シャトーワインなんかをありがたがってるなんて、時代後れです」

熱弁を振るわれている客のほうは、なんだか当惑顔だ。私は助け船を出してやることにした。もちろん息子にではなく、長年付き合ってきた客の方にだ。

「谷中さん、今日は芋？　麦？」

「ああ……麦でいいのが欲しいんだが」

私が適当に見繕ってやると、谷中さんはホッとしたようにそれを買って帰っていった。

「熱心なのはいいがな、客を見て勧めろ」

私は息子に言った。

「谷中さんは焼酎オンリーだ。ワインなんか飲まん」

「そういうひとにこそ、美味いワインを飲んでもらいたいんだよ」

息子は言い張った。

「俺はもっとワインを身近なものにしたいんだ。説明すればわかってもらえるよ」

やれやれ、と思った。説明説明というが、谷中さんはオーガニックとか言われてもちんぷんかんぷんだと思う。ましてやシャトーワインなんて意味不明だろう。

息子が東京の会社を辞めて戻ってきて一年、酒屋を継ぐと言われて悪い気はしなかったが、仕事のやりかたには正直納得はできないでいる。ネットで通信販売したいとか説明されても、仕組みがよくわからなかった。それに品揃えも変えて、やたらワインを置くようになったのも理解できない。うちの近所でワインなんてものを飲むような客はほとんどいなかった。なのに大きなワインセラーまで買い込んで、やる気まんまんだ。いずれは日本有数のワイン販売店になる、と鼻息だけは荒いのだが、どこまで本気なのか怪しい。

思い返せば息子は、子供の頃から大言壮語なところがあった。たしか小学生のときは世界的な画家になって私に家を買ってくれると言っていたのではなかったかな。中学のときはプロのギタリスト、高校に入ってからはベストセラー作家になると言っていた。私と妻は息子の将来を心配していたが、口で言っているわりに実行力はなく、結局普通に大学を卒業して就職した。そのときも、ゆくゆくは社長になって私に家を建ててくれるとは言っていたが。

ともあれ、大火傷をしてほしくはないと思っていた。借金を作って店を人手に渡さなければならない、なんてことになったら大変だ。そのへんは私がしっかり手綱を引き締めておくつもりでいた。

ある日、店にひとりの客がやってきた。人品卑しからぬ紳士で、丁寧に頭を下げると私に言った。

「失礼ですが、こちらに『鶴の一声』はございますかな」

「鶴の……ああ、ありますよ」

鶴の一声、と言われてすぐに思い出せたのは、この焼酎に少なからぬ思い入れがあったからだ。じつはこの酒を作っている蔵元と知り合いで、特別に送ってもらっているのだった。売るためというより自分で楽しむためだった。すこぶる美味い酒だが製造量が少なく、下手に評判になって売れだすと、私自身が飲む分がなくなってしまう。それが惜しかったのだ。だから店頭にも置かず倉庫に隠してあった。

「ここにあること、どちらからお聞きになりました？」

「常田一蔵さんからです」

常田というのが、蔵元の社長で私の友人だ。

「直接買い求めようとしたんですが、もう蔵元には在庫が残っていないと言われましてね。その代わりこちらなら残っているのではないかと教えてもらったのですよ」

「ああ、なるほど。わかりました。しばらくお待ちください」

常田の名前を出されたら隠してもいられない。私は倉庫に向かった。

なけなしの在庫から一本を取り出して戻ってくると、いつの間にか帰っていた息子が、先程の紳士にいつものワイン講釈を垂れているところだった。

「やっぱりこれからはワインですよ。それもチリの手頃なやつが一番です。一本何万なんて法外な値段を付けてるシャトーワインなんて目じゃないです」

さすがにやめさせようとしたが、その前に紳士が言った。

「失礼ですが、あなたはシャトー・マルゴーをお飲みになったことはありますか。一九九〇年でも二〇〇九年でも結構ですが」

「あ、いいえ」

「ではシャトー・ラトゥール一九四七年は？」

「それも……」

「シャトー・ラフィット・ロートシルトの一九五九年は？ シャトー・オー・ブリオン一九四九年は？」

「……」

「何も飲まれたことはない？ なのにあなたはシャトーワインを批判されるのですね」

「それは……でも、ワインは高級であれば良いものだというのは誤解です。もっとカジュアルに飲んでいいものだと……」

「もちろん、気軽に飲むワインも必要でしょう。しかしそれは量産された電波時計があるから職人が手作りする高級腕時計など不必要だと言うのと同じです。同じ時計でも、このふたつはまったく別物だ。ワインも然りです。いくらチリで上質で安いワインが作られるようになったからといって、伝統あるシャトーワインを否定する理由にはなりませんよ。そうしたものを楽しむことができる者は大いに楽しめばいい。そうではありませんか」

息子は、返す言葉がないようだった。

「あなたが安価なワインを庶民に広めたいという気持ちは尊重しましょう。しかし、そのために数百年かけて培ってきたワインの歴史を丸ごと否定するようなことは避けていただきたいですな。あなたには、そんな資格はない」

そこまで言うと、紳士は私が持っている焼酎に気付いて、

「ああ、これだこれだ。ありがとうございます。これで今日は楽しい夜が過ごせそうです」

そう言って代金を払い、店を出ていった。

「やり込められたな」

私が言うと、息子は悔しそうに、

「くそっ……」

とだけ言って奥に引っ込んだ。

以後、息子の得意気なワイン談義は、ほとんど聞かれなくなった。客に知識を押しつけたりすることもなく、逆に引っ込み思案に思えるほど控えめになってしまった。

当然のことだが、ワインの売上はあまり芳しくなかった。売上実績を見せると息子はさらに消沈して、

「やっぱりここでワインは無理だったかなあ……」

と、気弱なことを言う。私は少し考え、言った。

「もう少し様子を見よう」

それから私の勉強が始まった。業者を集めた勉強会などに顔を出し、ワインの知識を仕入れた。何本ものワインを試飲し、国内で醸造しているものは工場にまで出向いて製造工程を見学し、味

を確かめた。海外のものについては文献を調べ、慣れないネットで検索し、知識を深めた。あの紳士が言っていたシャトーワインも飲んでみた。もちろん自腹を切ってだ。

その上で、店に置くワインを選び直した。私の店に来てくれる客の好みはわかっている。そうしたひとたちにも親しんでもらえそうなものを国内海外問わず選び出した。

そうして品揃えを決めた後、店で試飲会を催した。私が選んだワインを無料で飲んでもらう会を催したのだ。これには近隣の酒飲みが集まってきた。あの谷中さんも来て、生まれて初めてワインを口にした。

「……うん、悪くないな。悪くない」

それが彼の感想だった。

そうこうしているうちに店でのワインの売上が伸びていった。いや、店全体の売上も大きく伸びたのだった。雑誌にも「安くて美味しいワインを揃えた店」として紹介され、遠くからも客がやってくるようになった。

その変遷を、息子は呆然と見ていた。

「俺……間違ってたかなあ」

それは、生まれて初めて、息子が口にした反省の言葉だった。

「間違っちゃいない」

私は言った。

「やり方がわからなかっただけだ。それは俺も同じだったけどな」

「……やっぱり親父には敵《かな》わないよ」

「そんなことはない。おまえには、おまえにしかやれないことがある」

私は息子の肩を叩いた。

「例のネット販売ってやつ、本格的にやるぞ。おまえが率先してやるんだ」

そんなある日、例の紳士が再び店を訪れた。

「なるほど」

彼は店の品揃えを見るなり、頷いた。

「おかげさまで、こんな店にすることができました」

私は深々と頭を下げる。

「私なんぞにそんなことをされる必要などありませんよ。私はただ、欲しい酒を買いに来ただけです」

紳士は微笑んで言った。

「鶴の一声、ありますかな」

「はい」

最後の一本だったが、迷わず差し出した。

「ありがたい。安酒しか飲めない年金生活の年寄りには、こういう安くて美味い酒がなによりですよ」

紳士は恭《うやうや》しく焼酎を受け取った。

「一度でいいから受け売りの知識だけでなく、本物のシャトーワインを自分の舌で味わってみたいとは思いますがね」

そう言うと紳士は、愛おしむように焼酎の瓶を抱きしめて店を出ていった。

21 散髪奇談——大門理髪店

「久しぶりだね」

「そうかな」

「二ヶ月くらい来なかったろ。そのわりに髪が長くない。どこか他の店で切ったのかね？」

「そんなことないよ。ガキの頃からあんたにしか髪は切らしてないから」

「嘘つかなくていい。この髪形、俺がやったんじゃないだろ。別に浮気したってかまわないんだから」

「浮気って、人聞きが悪いな。そうじゃなくてさ……あんまり思い出したくないんだよ」

「他の店でいやな思いをしたのかい？」

「ああ、とんでもない目に遭った。じつは一ヶ月前にさ、仕事で今まで行ったこともない町へ出かけたんだよ。結構面倒な仕事でね、終わった頃にはずいぶんと遅くなって、その日はそこで泊まらなきゃならなくなった。仕事先から世話してもらったのが、これがまたひどくぼろい旅館でさ、ここで一晩寝るのかと思うと憂鬱になるくらいだったよ」

「それは災難だね」

「ああ。しかも料理は不味い、風呂は汚い、布団は薄いと、いいところ無しだ。部屋に備えつけられていたテレビも壊れてて観られやしない。もう退屈で退屈で死にそうになってきた。こういうときは飲みに出るのが一番だ」

「あんた、酒好きだからな」

「そうともよ。で、無愛想な女将に訊くと、少し離れたところに商店街があって、そこに遅くまでやってる飲み屋があると言うんで、出かけることにした。その旅館ってのが坂道の途中にあってな、商店街ってのは駅前にあるという話だったんだ。まあたいした距離じゃないだろうと思って旅館の浴衣のまんま、下駄履きで出かけたのさ。それが間違いの始まりだった」

「というと?」

「意外なくらい坂道が険しくてね、すぐに鼻緒を挟んでる足指の間が痛くなってきた。そこで引っ返せばよかったんだが、少し歩けば着くだろうと思って我慢したんだ。秋口で寒くも暑くもなかったからよかったが、ほとんど明かりもない夜道を歩いてると、だんだん不安になってきた。本当にこっちでいいのかとね。一本道だから間違えようもないんだが、どうもどこかに迷い込んじまったような気がしてならなくなったんだ」

「ああ、そういう気持ちになることって、たしかにあるな」

「だろ?　さすがに心細くなってきて、引っ返したほうがいいかなんて思い始めた頃に、やっと商店街らしきところに出た。もう遅い時間だから、ほとんどの店がシャッターを閉めてて殺風景なものだった。本当にこの時間でも開いてる店があるのかと不安になりながら歩いてたら、何か光るものが眼についた。やれやれ、やっと目当ての赤提灯が見つかった、と思ったんだ。だがな」

「違ってたのか」

「そうなんだよ。赤提灯じゃなくてさ、この店の前にもある、ほら、赤と青と白がうねうね回ってるのがあるだろ。あれ、なんて言ったっけ？」

「サインポール。昔は有平棒《あるへいぼう》とも言ったな」

「へえ、そんな名前なのか。とにかくそのサインポールだかアルヘイボウだかが光ってたんだよ。なんだ床屋か、って通りすぎようとしたときだ。ほんとに突然、何の前触れもなく、前髪とか耳にかかる髪とかが鬱陶しくてたまらなくなったんだ。そうなると気になって気になってしかたない。すぐにも髪を切りたくなった」

「あんた、いつでもそうだよな。うちに来るときも親の仇みたいに髪を切れ髪を切れって騒ぐし」

「まあ、そうかもしれん。子供の頃から急に髪が鬱陶しくなって切るというのを繰り返してたからな。とにかく、散髪しないではいられない気持ちになったんだ。それで、目の前の店に飛び込んだ」

「どんな店だった？」

「ここと似て、小さな店だったよ。椅子が三つくらいしか並んでなくてな。客はいなかった。中にいたのはひとりだけ、あんたと同い年くらいの、陰気な顔付きの男だったよ。どうしてこんな時間まで開いてるのか、ちょっと不思議だった。一瞬、引き返そうかとも思ったけど、それより先に、

『どうぞこちらへ』

と、椅子に座らされちまった。

『どうしましょう?』

と訊かれて、思わず、

『いつもどおりに』

って言っちまった。初めて入った店で『いつもどおり』はないよな。でも店の主人は、

『わかりました』

と言って、俺の首にこんな白いビニールの布……」

「カッティングクロス。刈布《かりふ》とも言う」

「そんな名前が付いてるのか。とにかくそれを巻き付けはじめた。おいおい、いつもどおりって言われて何がわかったんだよと思ったんだが、自分でそう言っちまった手前、何も言えなくてな」

「案外、気が弱いな」

「言うなよ。そもそも俺はそんなに髪形に細かいほうじゃないんだ。鬱陶しくないくらいに切ってもらえれば、それでいい。ここに座ったらもう、組板《まないた》の鯉のつもりだよ。そんな覚悟で眼を閉じた。主人はさっそく俺の髪を切りはじめたんだ。鋏を使うシャキシャキって音が耳に聞こえた。あれって眠気を誘う音だよな。そのうちに眠くなってうとうとしはじめた。ずっとシャキシャキって音は聞こえてた。だがな、ふと気付くと、そのシャキシャキに混じって聞いたことのない音がしたんだ。なんて言うか。キーガッチャン、キーガッチャンって、何かの機械が動いているよ

うな音だった。俺は気になって眼を開けた。そして鏡に映っている自分を見て、腰を抜かしかけた」

「どうなってたんだい?」

「それがさ、いつの間にか髪の毛に大きな金属製の洗濯ばさみみたいなものをたくさん付けられてたんだよ。その洗濯ばさみにはコードが付いていて、そのコードは後ろにある奇妙な機械みたいなものに繋がってた。その機械がさ、大きなプロパンガスボンベみたいな格好で、何だかわからないメーターみたいなものがいっぱい付いていて、ダクトみたいな管から蒸気を吹き出してて、とにかく奇天烈なものだったんだよ。キーガッチャンってのは、その機械が出してた音だった。

『何だこれ、何してるんだ?』

そう訊いても、おかしくないだろ?」

「まあ、そうだな」

「すると主人が言うんだ。

『いつもどおりですよ』

ってな。

『冗談じゃない。ここに来たのは初めてだ。それなのにいつもどおりなんて話があるか。そもそも俺は髪を切りにきただけなんだ。こんなことされる覚えはないぞ』

と怒鳴ってやった。すると主人は、

『髪を切る? あなた様はこの店に入って一度もそんなことを仰いませんでしたよ。ただ私が「どうしましょう?」とお伺いしたら「いつもどおりに」と仰いましたので、いつもどおりこの店のお客様にさせていただくことを始めただけです』

なんて言いやがった。俺は猛烈に腹が立ってきてな、

『もういい。帰る』

と、立ち上がろうとした。ところが身動きが取れない。見るといつの間にか手と足が椅子に括り付けられているんだ。

『機械が作動していますので席から離れるのは危険です』

『何が危険だ。今離せ！　すぐ離せ！』

喚き立てたけど、主人は話を聞こうともしない。俺の髪に次から次へと洗濯ばさみを付けて、たちまち俺の頭は剣山みたいになっちまった。

『何するつもりだ⁉　これは何だ？』

と訊いたら、主人は澄ました顔で言うんだ。

『だから、いつもどおりの処置ですよ。すぐに終わりますから』

となってな。そして奇妙な音を立ててる機械の大きなレバーを一気に引いたんだよ。

その瞬間、俺の髪に付いてる洗濯ばさみが一斉に火花をあげたんだ。バチバチバチバチってな。びっくりして怖くなって、俺は『うぎゃあああっ』って悲鳴をあげちまった。それで……」

「どうなった？」

「それなんだがな。どうやら気を失っちまったらしいんだ。気が付くと俺は旅館に戻ってた。どうやって戻ったのか、その間に何があったのか、全然覚えてないんだよ。髪は短くカットされていたから、もしかしたら本当にあそこは普通の床屋で、俺は髪を切ってもらってる間に夢を見ち

まったのかもしれない。ただ、夢にしては妙に現実的でな。薄気味悪いんだ。なあ、俺、どうしちまったんだと思う？」

「どうだろうねえ」

「何だよ。何笑ってるんだよ。もしかして俺の話を信じないのか」

「いや、信じるよ。ただね、ちょっとおかしくてね」

「何がおかしいんだ？」

「あんたが入った床屋の主人だけどさ……こんな顔かい？」

「……ああっ⁉　そ、そんな⁉」

「まだ処置は終わってませんよ」

バチバチバチバチ。

「うぎゃあああっ！」


「はい、終わったよ」

「……ん？　ああ、終わったか……」

「どんな感じだい？」

「うん……いいんじゃないかな。なんかよくわからないけど、悪くはない」

「ありがとう。いつもどおり、上書きした記憶は一ヶ月ほど保つからね」

「記憶？　何のこと？」

「今は深く考えなくてもいいさ。上書きが薄れて過去の思い出したくない記憶が甦ってくるようになったら、また来てくれ。髪が切りたくなってきたら、それが合図だよ」

「髪が、ね。なんだかわからないけど、わかった」

「それでは。またのお越しをお待ちしております。いってらっしゃいませ」

22 プロの技——竹島靴店

自慢ではないけど、生まれてこの方、相性のいい靴と出会ったことがない。ものごころ付いた頃から靴擦《くつず》れに悩まされてきた。足は速いほうだったけど、靴のせいで運動会は大嫌いだった。走った後に必ず足指が赤く腫れてしまったからだ。だから徒競走のときは速く走ることより足を痛めないことを優先してゆっくり走った。おかげで体育の成績は散々なものだった。

小中高と状況は変わらず、通学のための靴でも指や踵《かかと》が擦れて痛かった。悲惨だったのが高校時代、生徒全員で山登りをさせられたことで、あのときは靴下が血に染まり、ひとりだけ途中でやめさせてもらった。

きっと足の形が普通の人とは違っているのだろう。だからどんな靴を履いても合わないのだ。大人になると、もっと悲惨なことになった。仕事で踵の高い革靴を履かなければならなくなったのだ。あれは本当に足に悪い。一日働いて終業間近になると痛さで他のことが考えられなくなるほどだった。じつはそのせいで実入りのよかった会社を辞め、まだ楽なスニーカーで過ごせる仕事に転職したほどだ。まあ、その職場で結婚相手を見つけることができたのだから、悪いことばかりではなかったのだけど。

もちろん靴擦れ防止のグッズなども試してみた。それでも効果はほとんどなかった。残された方法はオーダーメイドで靴を作ることだったが、値段を調べてみて断念せざるを得なかった。

そんなこんなで二十数年、靴に関しては絶望的な思いを抱いてきた。自分の足に合うものなどこの世に存在しないと信じてきたのだ。

あの日、所用でいつもの行動範囲から少し外れた商店街を歩いていたときも、足はひりひりと痛みを発していた。早く家に帰って足を休めたいと、それだけ考えていた。

耐えがたい痛みに歩みを止めた。そしてふと横を見ると、一軒の店が眼に入った。靴屋だった。昔からあるような、くたびれた雰囲気の店だった。手前にはサンダルやスニーカーなどが並べられ、奥には革靴も置かれている。あまり流行っているようには見えなかった。

ただひとつ変わっていたのは、店先に掛けられていた木の看板だった。そこにはこんなことが書かれていた。

どんな足にもぴったりの靴を御用意します

長年、靴のことで悩まされてきたこともあって、靴屋には期待と反感というアンビバレントな気持ちを抱いていた。この靴屋にひょっとしたら自分の足に合う靴があるかもしれない。いや、この店にだって自分の足に合う靴なんてない。

この看板の文字を眼にしたときも、心の中に生まれた感情は複雑なものだった。もしかしたら、いやいや、無理だって。

しかしまあ、物は試しだ。こういう店ならそう高い商品も置かれていないだろう。

店の中は革とゴムの匂いが籠もっていた。思ったより奥は広くて、お稲荷さんの神棚が飾られている。靴の数も豊富で天井近くまで陳列してあった。

「いらっしゃい」

声をかけられた。エプロン、というより前掛けと呼んだほうがいい茶色い布を掛けた男が椅子に座っていた。彼が店長らしい。痩せて白髪頭、銀縁眼鏡、鼻の下に白い髭。ちょっとした職人風だった。

思わず訊いていた。

「本当に、どんな足にも合う靴があるんですか」

「ありますよ」

店長は即答した。

「正確に言うと、どんな靴だって足に合わせることができるということです。多くの人間が自分の足を靴に合わせようとして失敗しているんです。それは間違いだ。靴を足に合わせなきゃいけない」

「そんなこと、できるんですか」

「できます」

また即答。

「履いてみたい靴を選んでください」

言われるまま、並べられた靴を眺めた。これまで自分の足に合いそうなものという基準でしか選んでこなかったから、履いてみたい靴と言われると戸惑ってしまう。

「お時間があるなら、どうぞ好きなだけ迷ってください」

店長は言った。それが挑戦のように聞こえた。ならばこちらも腰を据えて選ぼう。

店の隅から隅まで眺め回し、候補を五足選んだ上でさらに吟味し、ついに一足に絞ったときには一時間近く経っていた。選んだ靴は本当に自分好みのデザインで、でも今まで一度も履いたことのないような革靴だった。値段もさほど高くない。

「これですけど」

その一足を差し出すと、

「そちらにお座りください」

椅子を勧められ、素直に腰を下ろす。

「靴を脱いで足を見せていただけますか。靴下も脱いで」

言われたとおり素足になる。店長は足に触ろうとはしなかった。ただじっと足を眺め回した。それから頷く。

「少々お待ちください」

店長は奥に引っ込むと、道具箱らしきものを持って戻ってきた。そしてまず靴の敷革を剝がし、中に何か詰め込んだ。さらに靴を台座のようなものに固定すると、道具箱から取り出した木槌《きづち》で勢いよく叩きはじめた。

コンコンコンコンコン。リズミカルに木槌が鳴った。さらにサイズの違う木槌に持ち替え、叩く。

タンタンタンタン。

子供の頃、絵本で読んだ靴屋のことを思い出した。あの頃はどうして靴屋が木槌を使うのかわからなかった。実際、今まで行ったことのある靴屋では靴をこんなふうに叩いているところなど見たこともない。本当に靴って叩くんだ、と妙に感心してしまった。

そうして小気味いい音が五分ほども続いた後、店長は別の敷革を入れた靴を目の前に置いた。あんなに勢いよく叩いたのに、型崩れしているようにも見えない。というか、叩く前と何が変わったのかよくわからなかった。

「履いてみてください」

おそるおそる履いてみた。

「立ってみて」

その場に立った。店長はすこし離れたところから立ち姿を見ている。

「どうですか」

どうですかと言われても、正直よくわからなかった。今まで履いていた靴の痛みがまだ残っていたからだ。それに、履いてすぐに劇的に何かが変わるものではないだろう。

とはいえ、この靴はすでに足に合わせて手を加えられてしまった。今更要らないとも言えない。

「悪くないと思いますけど」

そう答えるしかなかった。結局、その靴を購入することになった。

「もし具合がおかしくなったら、持ってきてください」

店長はそう言った。良心的ではあるようだ。

次の日から、その靴を履いて過ごすことにした。正直、あまり期待はしていなかった。こちらは二十年以上靴に悩み続けてきた人間だ。そう簡単に解決するわけがない、と斜に構えていたのだ。

ところが、新しい靴を履いて一日目で、違いがわかった。足が全然痛くならないのだ。不思議だった。これまでこんなことは経験したことがない。

それから数日、驚きは次第に感謝へと変わった。歩きつづけても靴擦れは起きない。本当に足にぴったりとしている。これならいくらでも歩けそうだった。

それからは人生が変わったような気分だった。単に足に合う靴が見つかったというだけなのに、これまでとは世界が違って見えるほどだった。

思いきって遠出をしてみた。長い距離を歩いてみた。それでも痛みはない。素晴らしい。

何かいいことあった？　と周囲の人間に訊かれることもあった。どうやら表情まで明るくなったらしい。靴に悩まされてきたことが、どれだけ自分の性格に影響を与えてきたのか実感した。

これで自分は変われる、と思った。

しかし三ヶ月後、恐れていたことが起きた。

また足が痛みはじめたのだ。

今までとは違う箇所に痛みを感じるようになった。歩いていると、ずきずきとする。

なぜか笑ってしまった。やっぱりそうなんだ。最初はいいように思えても、やっぱり足に合う靴じゃなかったんだ。自棄《やけ》の笑いだった。

――もし具合がおかしくなったら、持ってきてください。

あの店長の言葉を思い出す。直してくれるだろうか。いや、直したところで、きっとまた痛くなるに違いない。

それでも行かないよりはましだろう、と思い、靴を持ってあの店に向かった。

店長は前と同じように店の奥に座っていた。

「履いてると痛むようになったんですけど」

やっぱり合わなかったんですね、という言葉は呑み込んで、靴を差し出す。店長はじっと靴を見つめ、靴底を触った。その表情が、少し変わったような気がした。

「ちょっと待っててください」

そう言うと、例の道具箱を持ってきて靴をまたトントントン、タンタンタン、と叩きはじめた。

五分ほどで作業が終了する。

「これでもう痛くないはずですが、そのうちまた痛くなると思いますから、そのときにまた持ってきてください」

「この靴、そんなに型崩れしやすいんですか」

「違います。靴のせいじゃありません。あなたの体が変化するからです」

店長は言った。

「帰りに病院へ行ってください」

「病院。病気だと？」

「いえいえ、病気なんかじゃありませんよ」

店長は微笑んだ。

「たぶん、おめでたです」

それが、わたしが初めてあなたの存在を教えられた日の話。

そう、あなたを身籠もったことで、体が変わった。その微妙な変化が、靴に現れていたんだって。

すごいでしょ。

婦人科の先生も驚いてたわ。ずいぶん早く妊娠に気づきましたねって。

そして今日はあなたの誕生日。とっておきのプレゼントをするわ。

秋の運動会で履く靴。絶対に靴擦れしなくて、足にぴったりとした靴。

ここで、そんな靴に出会えるの。

「こんにちは」

「やあ、いらっしゃい」

23　オウムの御告げ　——本多鳥獣店

むかしむかし、ではありませんが、ある商店街に一軒のペットショップがありました。

店構えは古いのですが、中はきちんと整えられていて、きれいでした。ケージには犬や猫、そして様々な鳥が収まっていて、飼い主が現れるのを待ち続けていました。

店は繁盛していました。店内にいる動物たちには次々と新しい飼い主が現れ、引き取られていったのです。動物たちの出入りは激しく、店に留まっているのは長くても数週間でした。唯一の例外を除いては。

その例外というのは店の一番奥にあるケージに入れられた、一羽のオウムでした。

頭のてっぺんから尾の先まで一メートルくらい。全身が白い羽で覆われていて嘴《くちばし》はピンク。とさかの羽だけが黄色くて眼は黒曜石のように艶やかな光を帯びていました。とても美しくて威厳さえ感じさせる姿です。

そんなに美しいオウムにどうして買い手が付かなかったのか。それはケージに貼られている値札のせいでした。

トランシルバニアオウム　一羽　百万円。

この店で扱ったことのある動物の中では一番高額のものでした。

店を訪れた客はみんなこのオウムに気付いて近付き、そして値札を見て眼を見張るのでした。

もちろん、買いたいと申し出た者はいません。どうしてこの鳥だけこんなに高いんだ、と訊く客はいました。そのときには店主はこう答えました。

「トランシルバニアオウムだからね」

客はその言葉になんとなく納得したような顔をして、そのまま店を去っていくのでした。

店主は客がいなくなった後、必ずオウムの前に立って言いました。

「誰にもおまえを買わせないよ」

するとオウムは嘴を開き、

「オラム、クス、ファルタン」

と声をあげるのでした。

常連客の間では、オウムのことはよく知られていました。ずっと店の奥にいるからです。

「このオウム、いつからいたっけね？」

客のひとりが訊くと、店主は答えます。

「そう……もう二十年近くかな」

「二十年！　そんなに生きてるの？」

「この手のオウムの寿命は五十年だそうだから、まだまだだよ」

「それにしても……やっぱり高すぎるんじゃないかね。もう少し値下げしてもいいんじゃないかな？」

客が言っても、店主は首を縦に振ることはありませんでした。

「このオウムには、それだけの価値があるんだよ」

店にはときどき鳥に詳しい客もやってきます。彼らはオウムのケージを見て首を傾《かし》げます。

「トランシルバニアオウム？　そんなの聞いたことないぞ。そもそもオウムは熱帯の鳥じゃないか。それがどうしてトランシルバニアなんてヨーロッパの名前を持ってるんだ。これ、何かの間違いじゃないの？」

しかし店主は微笑みながら、

「これは特別なオウムなんですよ」

と言うだけでした。

あの日、店に見知らぬ男性がやってきました。男性はケージの中の犬や猫、熱帯魚を興味深そうに見ていました。

そして、オウムの前にやってきました。

「このオウム、喋るんですか」

男性は店主に訊きました。

「日本語は喋りません」

店主は言いました。

「誰にもわからない意味不明な言葉なら言いますけどね」

「意味不明？」

男性が訊き返したとき、

「オラム、クス、ファルタン」

オウムが突然喋りだしました。

「オラム、クス、ファルタン、ネアリア、トアネホウ、ナメセキイ」

「なるほど、たしかに意味不明な言葉だな。でも……」

男性はしばらくケージの前から動きませんでした。オウムは知らん顔で喋り続けていました。

そんなことがあって一ヶ月ほど経ったときです。あの男性が再び店を訪れました。

彼は少し深刻な表情で、店主に尋ねました。

「あのオウムは、どこから来たのですか」

「どこって、トランシルバニアオウムですからトランシルバニアじゃないですかね」

「いいや。トランシルバニアにオウムなんて生息していません。どうしてそんな名前なんですか」

「特殊なオウムだからですよ」

店主はいつものように答えます。しかし男性は納得しませんでした。

「本当のことを教えてください。教えてくれたら、そのオウムを引き取ります」

これには店主が驚きました。

「いや、このオウムは……」

店主は言いよどんでいました、やがて決心したように、

「……わかりました。話しましょう。二十年前のことです。その頃、この店は売り上げが悪くて潰れる寸前でした。二進《にっち》も三進《さっち》もいかなくなって、私はほとほと困っていました。

ある日、店に鳥籠を持った見知らぬ外国人がやってきました。そしてこのオウムを引き取ってほしいと言ったんです。私は一度は断りました。でも外国人は『これはあなたに幸運を呼び寄せるトランシルバニアオウムです。店に置けば必ずいいことがある』と言うんです。信用できないとは思いましたが、あらためて見てみると、なかなか美しいオウムでした。喋るのかと訊くと外国人は『私の国の言葉なら』と答えました。彼が言うとおり、オウムは意味不明の言葉を喋りました。それが逆に面白く感じたんです。もしかしたら客を呼び込む目玉になるかもしれない。そう思ってオウムを引き取ることにしました。買値は、びっくりするほど安いものでした。駄目でもともと、くらいの気持ちでしたよ。

すぐに店に置きました。ただし値段は少し高めにしてです。客寄せとしてしばらく店に置いておきたかったんです。案の定、誰も買おうとは言い出しませんでした。でも不思議なことに、オウムを置いてから客足が増えてきました。オウム以外のペットがたくさん買われるようになったんです。なるほど、たしかにこれは幸運を招くオウムかもしれない。そう思うと私は、このオウムを手放したくなくなりました。かといって店に置かないようにすると御利益が失せてしまうかもしれない。だから売値をさらに上げました。いくらなんでも百万で買おうなんて人間が現れるとは思えなかった。事実、これまで二十年間、このオウムを買いたいと言い出したひとはいませんでしたよ。あなた以外にはね」

話を聞き終えた男性は、ポケットから小さなレコーダーを出しました。そのスイッチを押すと、

——オラム、クス、ファルタン、ネアリア……。

オウムの声が流れてきました。

「じつは前にお邪魔したとき、オウムの声を録音しておいたんです。私の友人に言語学者がいましてね、彼に聞いてもらおうと思ったんですよ。これを聞かせると、そいつはひどく驚きました。これは間違いなく、トムシバニア語だと言うんです」

「トムシバニア？　トランシルバニアではないんですか」

「それはきっと、あなたの聞き間違いでしょう。トムシバニア語は中米のごく一部の地域にだけ流布している言語だそうです。彼にオウムの言葉を翻訳してもらいました」

「なんと言ってるんですか」

「こうです。『我を慈しめ。さすれば二十年間、汝に幸運を授けん』と」

「二十年の間……じゃあ……」

「続きがあります。『それ以後は他の者に我を託せ。さもなくば汝に死が訪れる』つまり二十年ごとに飼い主を代えろと言っているんです。そうでないと授けた幸運は消えてしまうと」

「そんな……」

「きっとこのオウムを持ち込んだ外国人は、二十年間飼ってきたのでしょう。そしてオウムをあなたに託した。今度はあなたが、私に託す番です」

「ちょっと、ちょっと待ってください。じゃあ、このオウムはもう四十年も生きていると？　だったら寿命は十年も残っていないってことですよね。なのに引き取るつもりですか」

「これは特別なオウムです。寿命が何年か、誰にもわかりません。さて、どうしますか。ここで手放さないと、あなたの命が危ないかもしれませんよ」

「それは……しかし……いや、わかりました。売りましょう」

店主は決心しました。男性は頷き、

「そうするべきです。では」

男性は紙幣を差し出しました。

「ちょっと待ってください。このオウムは百万――」

「それは買われないようにするための偽売値でしょう？　事実、買値はびっくりするほど安かったと言ったじゃないですか。この金額でも多いくらいですよ」

そう言われると、反論もできませんでした。店主はしぶしぶオウムを売り渡しました。

その夜、店を閉めた後で店主は空になった鳥籠を見つめました。

二十年間ここにいたオウムが、今はもういません。自分はもしかしたら、取り返しのつかないことをしてしまったのではないだろうか、という後悔の念が湧き上がってきました。

もしも、あの男性の話がオウムを買いたたくための嘘だったとしたら。

店主は、長年付き合いのあった友人を売り渡してしまったような罪悪感に駆られるのでした。

そのとき、閉めた店のドアを叩く音がしました。なんだろうと開けてみると、あの男性が青い顔をして立っていました。手には、鳥籠を持って。

「このオウム、お返しします」

「え？　どうして？」

「こいつを連れて友人の言語学者のところに行きました。そしたらこいつが別のことを喋りました」

「トラナガ、フトガリ、ナクダ、テアン！」

オウムが叫びました。

「友人が訳すところによると『我を友達から引き離した者に死を与えん！』と言っているそうです」

「友達……」

「返品します。お金を返してくれませんか」

店主はすぐに金を渡し、かわりに鳥籠を受け取りました。

男性が立ち去ると、店主はオウムを元の鳥籠に戻しました。

「友達かあ。俺はおまえの友達だったか。じゃあ、俺の命を奪ったりしないよな」

そう呼びかけると、オウムは答えました。

「カラカ、ネセウハ、モウ、モウ」

何と言っているのかわかりません。わかりたいとも思いませんでした。店主はその晩、オウムの前に座ってその声を聴きながら、ひとり静かにウイスキーのグラスを傾けました。

24　怪盗夜霧――鍵の高峰

祖母の葬式を終えて三日後、わたしは高峰のおじさんの店を訪れた。

「やあ、いらっしゃい。お嬢ちゃんがここにくるの、久しぶりだね」

おじさんはにこやかに迎えてくれた。

「祖母の葬式に参列いただきまして、ありがとうございました」

わたしは丁寧に頭を下げる。

「他人行儀なこと言わないでくれよ。鈴代さんとはガキの頃からの知り合いだからな。待ってな、ちょっと茶を用意するから」

おじさんが奥に引っ込んでいる間、わたしは店の中を見回した。

小さな店だった。その壁に、所狭しと鍵や錠が並べられている。世の中にはこんなにも様々な種類の鍵があるのかと、この店にくるたびに思う。

「粗茶で悪いが、飲んでってくれ」

出してくれたお茶は、少し渋かった。でも茶請けのお饅頭は美味しい。

「お嬢ちゃんが小さい頃、鈴代さんに手を引かれて、よく店に来てくれたよな」

おじさんはお茶を啜りながら言った。

「あんた、店に並べてる鍵を見て、眼をきらきら輝かせてた」

「だって珍しかったんだもの。あの頃は本当に、ここにある鍵がみんな宝物みたいに見えてました。今でもそうだけど」

「嬉しいこと言ってくれるね。それで、今日は何の用だい？」

おじさんに訊かれ、わたしは用件を思い出した。

「じつは、これなんですけど」

バッグから例のものを取り出して、見せた。

「これ、祖母の遺品を整理してたら出てきたんです」

それは、わたしの掌に収まるくらいの大きさの、鍵だった。たぶん真鍮《しんちゆう》製だと思う。握りのところはクローバーのような形で羽ばたく鳥が彫刻され、鍵穴に差し込む部分にも唐草のような模様が施されている。

「祖母が大切にしていたものばかり収めた行李《こうり》に入ってたんです。だから祖母にとっては大事なものだと思うんですけど、何の鍵だかわからないんです。もしかして、おじさんならわかるかもって思って……」

おじさんは鍵を手に取った。じっと見ている。

その瞳が、みるみる潤んできた。

「鈴代さん……あんた……」

「どうかしたんですか」

「いや……鈴代さんがこの鍵を持ってたんだなあと思ってね」

「知ってるんですか、これが何の鍵か」

「ああ、知っているよ」

おじさんは鍵を見つめながら言った。

「そうか、そうだったんだな……」


お嬢ちゃんは知らないかもしれないが、うちは親の代からここで鍵屋をやっている。いろんな鍵を売ったり作ったり、そして鍵を失くした錠前を開けたりと、鍵に関することなら何でもやってきた。

俺の親父は日本一の鍵屋だった。作れない鍵はなかったし、開けられない錠もなかった。だから金持ちの蔵の鍵や大店《おおだな》の鍵も扱っていたんだよ。

俺は子供の頃から、そんな親父を見て育った。だから自然に鍵を扱うのが好きになった。見よう見まねで鍵作りもするようになった。小さい頃は体が弱くてね、近所のガキたちと遊ぶこともあんまりなくて、家に籠もりっきりの生活をしてたんだ。そして、親父が死んだときに跡を継いだ。

鈴代さんは数少ない子供の頃からの友達のひとりだった。といっても、鈴代さんのところは男爵家でこのあたりでも有数の資産家だったから、気安く遊べるような間柄じゃない。それでも同級生だったこともあって、何度か話はしたたな。子供の頃から鈴代さんは品があって、良家のお嬢様って感じだったよ。でもどこか茶目っ気があっていたずら好きだった。それは大人になっても変わらなかったな。

　ある日、鈴代さんの父上である西塔男爵から俺に呼び出しがかかった。

　伺ってみると、屋敷内には警察の人間がつめかけていた。そして男爵はひどくうろたえていらっしゃった。俺を立派な部屋に通すと、すぐにもこの部屋の鍵を付け替えてほしいと言ったんだ。

「じつは、ここだけの話だがな」

　と男爵は仰った。

「私の許に怪盗夜霧《よぎり》から予告状が届いたのだ」

　怪盗夜霧といえば、その頃世の中を騒がせていた大泥棒だった。金持ちの家に予告状を送りつけては、定刻どおりに現れて美術品や宝物を奪い去っていくという話だった。

「この部屋に置いてある金庫には我が家宝である七色真珠が収められている。怪盗夜霧はそれを奪うと予告してきたのだ。由々しきことだ。なんとしても阻止せねばならぬ。もちろん警察の者たちにも警護してもらうが、さらに万全を期すため、この部屋の鍵を新しいものに取り替えたいのだ。堅牢な鍵を用意してはもらえまいか。既製品では合鍵を作られる恐れがある。特注のものを用意できないか」

「そういうことでしたら、手作りの鍵を御用意するしかないでしょうな」

　俺は言った。

「それで、怪盗夜霧はいつ襲いにくると?」

「明後日の午前零時」

　一刻の猶予《ゆうよ》もなかった。俺はすぐに店に戻り、全身全霊を籠めて錠前と鍵をこしらえ、翌日の昼過ぎには部屋のドアに取り付けた。

「鍵はこの一本きりです。他に合鍵はありません」

俺はその鍵を男爵にお渡しした。

「ありがとう。これなら安心だ」

男爵は感謝してくださったよ。

そして夜になった。男爵家は大勢の警官に警護され、特に問題の部屋は厳重に見守られていた。

俺も鍵を作った責任上、どうしても行く末を見届けたいと思ったから、男爵に頼み込んで部屋の前で警護に当たらせてもらった。

刻一刻と予告された時が迫ってきた。警官たちも緊張していた。

そして午前零時。突然、屋敷内の明かりがすべて消えた。

周囲は文字どおり大混乱になった。

停電していたのは、ほんの数分だったと思う。明かりが戻ったとき、みんなが真っ先に考えたのは七色真珠のことだ。

男爵が鍵を使って部屋のドアを開けた。みんなが一斉に飛び込んだ。

「遅かったわね」

そう言ったのは、なんと鈴代さんだった。誰ひとり入ることができないはずの部屋に、鈴代さんがひとりで立っていたんだよ。

「鈴代、一体どうしてここにいるんだ？」

男爵が尋ねると、

「造作もないことですわ。わたくしも怪盗夜霧程度の手品はできますもの」

と凜々しく仰った。そして、

「もう七色真珠はここにはございません」

「まさか！　金庫は閉まっているではないか」

「ならばお父様、お確かめくださいな」

男爵はすぐに金庫を開けた。

「……ない」

予告どおり、七色真珠は消えてしまっていたんだ。

「なんてことだ！　せっかく鍵まで付け替えたのに！」

男爵は怒りのあまり、持っていた鍵を叩き折ってしまった。


「こうして男爵家からは家宝の七色真珠が消えてしまった。怪盗夜霧は捕まらないまま、行方もわからなくなってしまったんだよ」

おじさんの話が終わった。

「そんなことがあったんですか。でも、その話と祖母が遺した鍵と、一体どんな関係が……」

そのとき、天啓のようにある考えが浮かんだ。

「もしかして、これがおじさんの作った部屋の鍵？」

「そうだよ」

おじさんは頷いた。

「でも、その鍵は曾祖父の男爵が折ってしまったんじゃ……」

おじさんは黙っていた。わたしは懸命に考えた。そして、思いついた。

「鍵は、もうひとつあった」

「やっぱり鈴代さんの孫だ。賢いな」

おじさんは微笑んだ。

「俺は、鍵をふたつ作ったんだよ」

「どうしてそんなことを……まさか」

頭の中に浮かんだことを、そのまま口にした。

「七色真珠を盗むため？」

「予告した時刻の前に、警備の隙を突いて合鍵で部屋に入ったのさ。金庫のほうは開けるのに造作もなかった。俺はその手の仕事には手慣れていたんでね」

おじさんは何でもないことのように言う。

「おじさん……おじさんが、もしかして怪盗夜霧だったの？」

「鍵屋は表の顔でね。裏ではそんな名前で呼ばれていたよ」

「やっぱり……でも、どうして祖母は……」

「俺にもそれがずっとわからなかった。だが、今になって気付いたんだ。鈴代さんは俺が持っていた合鍵を密かに盗み取った。そしてその鍵で部屋に入ったのさ」

「どうしてそんなことを」

「俺がやったことを知っているぞ、と伝えるためだったんだろうな。だが俺は鈍かった。今の今までそのことに気付かずにいたんだよ。合鍵も七色真珠を盗むどさくさで失くしたと思い込んでいた。しかしそれが、鈴代さんの手の中にあったとはな。そうとは知らずに俺は、ずっと鈴代さんと親しく話していた。鈴代さんも知らぬ顔で俺と付き合ってくれていた」

「どうして祖母は、おじさんを告発しなかったのかしら?」

「わからんよ。今となってはな。もしかしたら面白がっていたのかもしれん。自分だけが怪盗夜霧の正体を知っているということを楽しんでいたのかもな。あのひとは茶目っ気があったから」

わたしはおじさんを見つめた。怪盗とわかっても、不思議に怖くはなかった。ただ、訊きたいことがあった。

「盗んだ七色真珠はどこに?」

「知りたいかね?」

おじさんはそう言って、わたしの髪を撫でるような仕種をした。と、耳朶《みみたぶ》に何か感触があった。

「似合ってるな、やっぱり」

おじさんが鏡を出してくれた。わたしの耳にいつの間にかイヤリングが着けられていた。

「一言、鈴代さんが言ってくれたら、その場ですぐに返したんだがなあ」

おじさんは言った。

「もしかして……」

もしかして、おじさんは祖母のことを、と訊きかけて、わたしは口を噤んだ。もしかしたら、祖母もおじさんのことを……。

わたしはもう一度、鏡を見た。

七色に輝く真珠が、美しかった。

25 憧れのひと　——菅沼レコード

珍しく立て続けにふたり、客がやってきた。

ひとりは三十代の男。生まれてこの方、身なりなどかまったことがないといった風情で、度の強い眼鏡を神経質に触りながら店内を見回していたかと思うと、獲物に飛びかかるようにアナログレコード盤売り場に突っ込んでいった。

もうひとりは十代後半か二十代前半と見受けられる女性で、楚々《そそ》とした出で立ち。ハイヒールの靴音高くCD売り場へと足を進めていった。

私はレジをチェックするふりをしながら、客の様子を観察していた。比率は男8で女2。うちのレコードは基本、新古品だ。いろいろなツテで集めてきた。価格はまちまちだが、どれも今では貴重な品ばかりだった。それを男はかなり雑に扱っていた。ジャケットを捲る手際もぎこちない。レコードの扱いに慣れていないのは一目瞭然だった。昔は流れるようにジャケットを扱い、一瞬で自分のお目当てを探し出す猛者《もさ》がたくさんいた。そういう客に出会うことなど、もうないだろう。

男の動きが止まる。一枚のLPを見つめた。と、いきなりポケットからスマートフォンを取り

出し、指で何か操作している。これで確定だ。せどり――掘り出し物を転売して利ざやで儲けようとする連中のひとりだ。しかもジャケットの扱いからわかるとおり、せどりとしてのキャリアはゼロに近い素人同然の輩《やから》だ。きっとスマホで市場価格を確認しているのだろう。彼がどのレコードの値段を確認しているのかも、おおよその見当はつく。

もちろん私は気付かないふりをした。買った客が後で転売しようとどうしようと、こちらの知ったことではない。

男は一枚のLPを抜き出した。予想どおりの品だ。たぶん次には左隣のコーナーから、あれを抜き出すだろう。

と、CD売り場にいた女の客がレコード売り場に流れてきた。こっちにはあんたの買いたいものなんか置いてないよ、と心の中で呼びかける。今どきの若者はレコードに針を落としたこともないだろう。

男のほうは別のコーナーに移っていた。ちらりと見たその横顔に、あからさまな笑みが浮かんでいた。掘り出し物を見つけて欣喜雀躍といったところなのだろう。

男は結局五枚のLPを抱えてレジにやってきた。脂気のないぼさぼさの髪に生気のない顔。お世辞にももてそうにはないタイプだ。

「星野ゆり子、お好きなんですか」

訊いてみる。案の定、え？　といった顔になった。

「彼女のLPを二枚もお買い上げなので、ファンなのかなと」

「あ、ああ、まあ……」

当惑気味に生返事をする。もちろんこの男が彼女のファンだとは思ってもいない。どうせ家に戻ったらすぐにネットのオークションに出すつもりだろう。

彼が選んだ他の三枚も、ネットで値が付きそうなものばかりだった。私はこれ以上何も言わずに代金を受け取った。

そそくさと店を出ていく男の背中を眼で追っていると、

「ちょっと」

声をかけられた。あの女が目の前にいる。男のことばかり見ていて、彼女が店にいることを忘れていた。

「はい、何でしょう?」

「このお店、面白くないんだけど」

何か聞き間違いをしたのかと思った。

「面白く、ない?」

「品揃えも、店のひとの態度も」

どうやら聞き違いではなかったようだ。しかしその物言いには面食らった。

「どういうことかな? うちはここに店を構えて四十年、ずっと誠実に商いをしてきたつもりだが」

むっとする気持ちを堪えて問い返す。すると彼女は言った。

「星野ゆり子のレコードは?」

「それなら、さっきのお客様が買っていったけどね」

「二枚だけね。それも相場から見たら格安な値段で」

いつの間にか値段までチェックしていたのか。そのとき初めて、この女は只者じゃないなと思った。

「二枚しかないってこと、ないでしょ」

「いや、星野ゆり子のアルバムは入手が難しいんだよ。知っているかどうか、彼女は現役の頃、それほど人気があったわけじゃない。レコードもそんなに売れなかった。だから残っているものも少ないんだ」

「昨日も、そう言ったよね」

「昨日？　それって……」

「赤い帽子を被った客、覚えてない？　サングラス掛けてマスクして」

言われて思い出した。たしかに昨日、そういう風体の客が来た。そして星野ゆり子のアルバムを買っていった。

「まさかあれは……」

「そう、わたし」

女は言った。

「店に置いてあった星野ゆり子のアルバムを二枚、買ったわ。そのときに他にはないのかって訊いたら、さっきと同じこと答えたよね。入手が難しいから、もうないって。なのに今日はまた店に並んでた。どういうこと？」

「それは……」

私は答えに窮《きゅう》した。

「最近、星野ゆり子のレコードの市場価格が上がってきてるの。なんか知らないけどネットの動画サイトで昔の歌番組とかコンサートの映像がアップされたのが評判になって、再評価っていうの？　そういうことになってるって。だから今、マニアが血眼になってレコードを探してるみたい。言ってみればバブルよね。そんなときに同じくネットで、この店で星野ゆり子のレコードを見かけたって情報が流れて。そういうのが広まったら、それこそ人食い鮫が集まるみたいにマニアが寄ってきたんじゃない？　そしてたちまち買い漁っていったはずよ。なのに昨日も今日も同じアルバムが店に並んでた。変よね」

「変だね。たしかに」

「わたしの考えを言うね。全部あんたの策略なんじゃないの？　ネットに動画を流したのも、あんたでしょ。そうやってブームを仕掛けて価格が上がるのを見越して、前もって星野ゆり子のレコードを買い漁ってた。それを少しずつ店にだして、さも希少品ですって顔で売ってる。違う？」

女は私を睨みつけてきた。その表情を見て、思わず笑ってしまう。

「何よ。何がおかしいっていうの」

「いや、なんでもないよ。君の想像はほとんど間違っていない。あれは、私が仕掛けた」

「やっぱり。そういうのって――」

「まあ、待ってくれ。ほとんど間違ってないと言った。全部がそのとおりだとは言ってない。私の弁明を聞いてくれないか」

「弁明？　何を言い訳したいって？」

「こっちに来てくれ」

私は女を店の奥に誘った。彼女は少し警戒しているようだったが、それでもついてきた。

ドアの向こうに廊下があり、その突き当たりにもひとつドアがある。

「ここだ」

ドアを開け、中に入った。私がこのためだけに使っている小部屋だ。彼女が入ってきたので、明かりを点けた。

「え……」

その光景を見て、女は言葉を失ったようだった。

「ここは、私の宝物庫だよ」

指差す先には、星野ゆり子が微笑んでいた。

「このポスター……デビューしたときの？」

「よく知ってるな。そう、デビューのときにレコード店に配られたものだ。かなり色褪せてきてるがね。そしてこっちは二枚目のシングル『風とアイリス』のときのものだ。こっちはファーストアルバム『恋する少女の肖像』のときのポスター。他にもある。販促用に配布された団扇《うちわ》にポストカード、ゆり子ちゃんマスコットなんてのもある」

「すごい。これは……見たことない」

「一部のレコード店にしか配られなかったからな。どれも宝物だよ」

私は言った。

「あの頃、私はまだ中学生だった。店は親父がやっていた。毎日のように新人歌手がデビューして、次から次へと新しいレコードが入ってきた。私にとってそれは、ただの商品でしかなかった。レコード店の息子なのに、音楽にはとんと興味がなかったんだ。

でもある日、ひとりの新人歌手のポスターが届いた。それを見た瞬間、私は今まで経験したことのない衝撃を受けた。どうしてなのか、今でも説明がつかない。とにかく私は彼女の曲を聴いてみた。そして二度目の衝撃を受けた。素晴らしかったんだ」

「デビュー曲の『恋する少女』のこと？」

「そうだ。正直言って、楽曲はそんなにいいとも思わなかった。だが、彼女の歌声だけは素晴らしかった。聴いた瞬間、背筋が本当に震えたんだ。間違いない。この歌手は最高だ。私はそう思った。容姿も声も唯一無二だと。その日から私は、星野ゆり子のファンになった。

小遣いを貯めて、親父から彼女のレコードを買った。レコード店の息子がレコード買ってどうすると親父には笑われたな。頼み込んで販促品も譲ってもらった。

テレビに彼女が出ることがあったら必ず観た。そして当時まだ貴重だったビデオテープに録画した。彼女に関するものなら何でも欲しかったんだ。

しかし私の思惑とは違い、彼女は売れなかった。五枚のシングルと二枚のＬＰだけで、星野ゆり子は消えてしまった。結婚して引退したとも聞いたが、その後のことは知らない。

それでも私の熱は冷めなかった。親父の跡を継いでレコード店を経営しながら、星野ゆり子に関するものは何でも集めてきた。レコードも手にすることができるものは全部買ってきた。いつしかコレクションは膨大なものになった。この部屋を満杯にするほどにね」

「そのコレクションを売りに出したの？　どうして？」

「パソコンで動画サイトを観るようになったんだ。そしたら古いテレビの映像とかがたくさん観られるようになっていた。だけど星野ゆり子に関するものは少なかった。彼女自身、そんなに知られないままに消えていったからしかたないかもしれない。でも私は、もっと彼女のことを知ってもらいたかった。だから自分で持っている映像をサイトにアップしたんだ。最初はただ観てもらえばいいと思っていた。ところがその動画が妙に評判になった。若い者が星野ゆり子の歌に惹かれたんだ。もしかしたら時代が彼女に合ってきたのかもしれない。気が付くとレコードの価格も高騰していた。なるほど、今なら彼女の歌もみんなに聴いてもらえる。だったら自分のコレクションを開放しようと思ったんだ。それで少しずつレコードを店頭に置きはじめた。儲けようなんて思っていない。ただ、みんなに聴いてもらいたかっただけだ。やってくる客はマニアか、せどりのために来る奴だった。でもいい。最終的に星野ゆり子を聴きたいと思うひとの手許に届くなら……おい、どうした？」

「なんでもない……」

女は目尻を指で拭った。

「わかったわ。でも、いつまで売りつづけるの？　コレクションを全部放出するつもり？」

「ブームってのは、いつか終わる。しかしブームの間に真の愛好家が生まれる。そうなれば星野ゆり子の存在は永遠になるんだ。そのためだったら、私のコレクションを全部手放しても……いや、少しは残したいかな」

「素直だね」

彼女は笑った。

「わかった。じゃあ好きにして。もう何も言わない」

「ありがとう。君のお母さんにも、よろしく言っておいてくれ」

そう言うと、彼女はちょっと驚いたような顔になった。

「知ってたの？」

「さっき私を睨みつけたときの表情でわかったよ。とてもよく似ていた。元気にしてるかね？」

「とっても元気よ。歌手だったときのことは何にも話してくれないけど。ねえ、ひとつだけいい？」

「何だ？」

「また、ここに来たいんだけど。ママの——星野ゆり子の昔のことが聞きたい」

「いつでも来るといい」

私は言った。

「昔話でよければね」

26 昔テレビ——松岡電器店

蛍光灯が切れたので、散歩がてら馴染みの電器店へと足を向けた。穏やかな陽が差す午後のことだ。

最近は家電量販店が流行っているようだが、私はいまだに商店街にある小さな店を贔屓にしている。品数は少ないが応対が丁寧で小回りが利く。何より店主とは小学校時代からの腐れ縁だ。今更大手に乗り換える気にもなれない。

店主は店の奥で居眠りをしていた。肩をつついてやるとびっくりしたように飛び起きて、

「なんだ伸ちゃんか。脅かすなよ」

慌てて涎《よだれ》を拭った。

「昼間っから白河夜船とは寛ちゃんも、いいご身分だな。そんなんじゃ店先の洗濯機を万引きされるぞ」

軽口を叩きながら店の中を見回す。目当ての蛍光灯はすぐに見つかった。

「これをひとつくれ」

「あいよ。ところで最近、おばさんの様子はどうだい？」

店主がいう「おばさん」というのは、俺の母親のことだ。

「相変わらずだよ。足が不自由になってから、ずっと自分の部屋でテレビを観てる。そういえばテレビの調子があんまりよくないんだよな。ブラウン管がちらちらしてさ」

「いまだにブラウン管テレビなのかよ。世の中とっくに液晶の時代なのに」

「そうだな。そろそろ買い換えようと……」

言いながらテレビが並んでいる売り場に眼を向ける。といっても小さな店だから三台しか置いてない。

その中の一台に、妙な貼り紙がしてある。

昔テレビ　当店のみ販売!

「なんだよ、あの昔テレビってのは」

「ああ、あれか」

とたんに店主の顔に悪戯っぽい表情が浮かぶ。小学校時代の悪ガキを思い出させる顔付きだ。

「見てみるかい」

店主は貼り紙を剝がしてリモコンで電源を入れた。

一瞬の後に画面に映し出されたのは、白黒の映像だった。ライオンの人形とゴリラの人形が言葉を交わしている。

すぐに思い出した。

「これ、『ライオン三太郎』じゃないか」

俺が小学校に入るか入らないかの頃に放送していた人形劇だ。三太郎という気のいいライオンが旅をしながらいろいろな動物たちと交流していく話だった。

「懐かしいなあ……」

思わず、そう言った。すると店主はリモコンでチャンネルを変える。今度も白黒で時代劇だ。仮面で顔を隠した侍が大勢を相手に大立ち回りをしている。

「これは『仮面の侍　星影真実之介』だ。でもどうして……」

さらにチャンネルが変わる。今度は歌番組だ。カラーだが雰囲気は今とは違う。若い女性がルンバのリズムに合わせて踊りながら歌っている。

「宮内周子の『星屑のルンバ』だな。このセットは『ゴールデン歌謡ショー』だ」

「さすがは伸ちゃん、テレビっ子だっただけのことはある」

「しかし、どういうことなんだ？　どうして古いテレビ番組ばかり……」

「だから、これは昔テレビなんだよ。昔々のテレビ番組ばかり映るんだ」

店主からリモコンを受け取り、チャンネルを変えてみた。『スペース仮面』『おはよう！　お嬢さん』『親父の嫁さん』『スタアと共に』……どれもこれも俺が子供の頃に放送されていたテレビ番組ばかりだ。

「一体、これはどういう……」

「驚いたかい。なあに、タネを明かせば単純なことさ。このテレビには大容量のハードディスクが内蔵されてる。その中に昔のテレビ番組を録画しておいたんだよ。最近じゃ衛星放送で古いものをどんどん放送してるだろ。あれをこまめに録《と》っておいたのさ」

「なんだ、そういう仕掛けか」

「でも、ただ録画して再生してるだけじゃないぞ。普通にテレビのチャンネルを変える操作で録画している番組を切り換えられるようにしてるんだ。これは俺の独自の技術さ。こういうの、結構需要があるんじゃないかと思ってね」

「需要ねえ……」

言われてみると、悪くないような気がしてきた。俺も最近のテレビ番組はあまり観ていない。面白いと思うものが少ないのだ。しかし俺以上に文句を言っているのは母親だった。八十歳を超えた母親は今どきのテレビ番組にはついていけないとぼやいていた。昔みたいなテレビが観たいと。

でもこれなら、いいんじゃないか。

「これ、売ってくれ」

俺は言った。

「伸ちゃんなら、このテレビの良さがわかってくれると思ったよ」

店主はにんまりと微笑んだ。

昔テレビはその日のうちに我が家に運び込まれた。

「新しいテレビなんて、もったいないよ」

自分の部屋に来た新しいテレビに、母親は最初そんなことを言った。だが電源を入れると、その表情が一変した。

「まあ……これ城之内貞五郎じゃないの」

「そうだよ。おふくろ、この俳優が好きだったよな」

「好きどころか……まあ、若いねえ」

映し出される白面《はくめん》の美剣士に母親はうっとりとした。

「このリモコンでチャンネルを変えてごらんよ」

言われるとおり、母親はチャンネルを変える。

「あれ、江中カレンだわ。このひとの歌声、大好きだったの」

足を悪くして以来ずっと沈みがちだった母の表情が、とても明るくなった。

「こういうテレビなら、いつまでも観てられるだろ？」

「うん、いいねえ、昔を思い出すわ」

母親は熱心にテレビを観ていた。いい買い物をしたな、と思った。

それから母親は四六時中テレビを観るようになった。

「ほんとにこれでいいのかしらね」

女房が心配そうに言った。

「お義母さん、家に籠もりっきりで全然外に出ようとしないのよ。テレビばっかり観てて大丈夫なの？」

「いいさ。本人が楽しんでるんだから」

俺は言った。

「それより、こっちのテレビもあれに変えようか。今どきの番組よりずっと面白いぞ」

「わたしはいいわ。つまらなくても今の番組を観たい」

女房は乗り気ではなかった。しかたないので母親の部屋に行って、古い番組を観ることにした。久しぶりに母親とふたりきりでテレビを観て、ふたりで笑い、話し合った。とても楽しかった。


「どうだい、昔テレビは」

乾電池を買いに電器店に行くと、店主に訊かれた。

「最高だな」

俺は答えた。

「おまえにお礼を言いたいよ。おふくろは前よりずっと明るくなった。昔のテレビ番組から元気をもらってるみたいだ」

「それはよかった。俺も作った甲斐があったよ。おばさん、何がお気に入りだい？」

「特に気に入ってるのは時代劇だな。『素浪人　鉄鍋左近』とか『誓いの十手』とか。昔の時代劇スタアがどんどん出てくるから……ん？　どうした？」

店主が訝しげな表情をするので、訊いた。すると彼は、

「おかしいな。『鉄鍋左近』なんて録画してないんだが」

「そうかい？　でも、俺もおふくろと一緒に観たぞ」

「いや、それはあり得ない。それに『誓いの十手』は元のフィルムが失われてしまって、今は映像が残ってないんだよ」

「まさか。でも俺は間違いなく――」

「ちょっと、テレビを見せてくれないか」

店主が真剣な顔で言う。拒む理由もなく、俺は彼を家に連れていった。

「伸ちゃん、この家どうした？」

「え？」

「あんたのところ、言っちゃなんだが、かなりぼろかったよな。なのに……」

言われて初めて気が付いた。家が新しく見える。まるで俺が子供の頃そうだったように。

扉を開けて中に入った。

「おかえり」

母親が玄関先まで出てきた。足の悪さなど微塵も感じさせない足取りだった。それどころか、見た目もずいぶんと変わっている。

「おふくろ、その格好……」

「早かったわね。まあ松岡さんのとこの寛ちゃん、ようこそ。今、ジュース作ってあげるわね」

そう言うと母親は奥に引っ込んだ。俺と店主は顔を見合わせる。

「どういうことだ……」

「あ……」

おずおずと、中に入った。

気が付くと、家の中の様子も変わっていた。電話は受話器の大きな黒いものに、洗濯機はローラーで洗濯物を絞るものに、そしてカレンダーは……。

「まさか……そんな……」

俺は家の中を捜し回った。俺のものやおふくろのもの、そしてとっくに死んでいる親父のものはたくさん置いてある。だが……女房のものだけが何ひとつ、なかった。

俺はおふくろの部屋に行った。

「ちょっと待ってね」

おふくろはエプロンを着けているところだった。俺が子供の頃いつもしていた、花柄のエプロンだ。

テレビが付いている。ニュースを流していた。大阪で万国博覧会が開催されることが決まったと告げている。

「おふくろ、幸恵は？」

「さちえ？　誰？」

「俺の女房だよ！」

そう言うと、母親は笑った。

「何言ってるのよ。小学生のくせに」

俺は息を呑んだ。

「伸ちゃん……」

後ろから声がかかった。振り返る。

「伸ちゃん、俺……」

店主が……いや、店主？　違う、寛ちゃんがいた。

小学生の、寛ちゃんが。

27　食通の罪　――洋食さかい

「お客様各位」という書き出しを読んで、思わず舌打ちをした。これは二重敬語じゃないか。日本語として間違っている。

後で注意してやろうと思いながら、続きを読む。

お客様各位　この地に店を構えて四十余年、ささやかな洋食屋として父の代からご愛顧いただいて参りました。小生が店を継いでからは微力ながら父が作り上げた味を守るべく努力して参りましたが、寄る年波には勝てず、三月三十一日をもって厨房を去る決意をいたしました。今後は愚息が代わって皆様のために尽力いたしますので、これからも変わらぬご愛顧を賜りますよう、お願い申し上げます。　店主拝

店の前に掲げられたボードに書かれた文字はぎこちなく、いかにも稚拙だ。中学を出てからずっとこの店で厨房に立ち続けていたというシェフならば、基礎教養に欠けているところがあっても致し方ないところかもしれない。料理人は美味いものを作ることが第一義なのだ。それにしても二重敬語はないだろう。

しかしタイミングが悪かったな、と思う。今日は四月一日、すでにシェフは交代した後だ。商店街の中にある洒落てもいない小さな店だが、それほど味は悪くなかった。だから舌の肥えたこの私が、ここ数ヶ月の間にも何度か足を運んできたのだ。しかし代替わりしてしまっては、もうあの味も失せてしまうに違いない。

一瞬、他の店に行こうかとも思ったが、すぐに思い直した。ドアを開けるとカウベルが軽快に鳴った。

「いらっしゃいませ」

これまでと同じ店内に若い声が響く。中は意外に混んでいて、カウンター席しか空いていない。業腹《ごうはら》だが、そこに座る。

老女が水のコップとおしぼりを持ってやってきた。シェフの女房だ。彼女は引退しないわけか。

「何にします？」

私は迷わずに言った。

「ハンバーグ・デミグラスソースを」

洋食屋の腕前を確かめるには、これがベストの選択だ。

おしぼりで手を拭きながら周囲を見回す。近所の住人らしい男女ばかりが席を埋めている。彼らは新しいシェフになっても気にせずに食べていられるのだろうか。きっと貧乏舌ばかりなのだろう。繊細な味の違いなどわかるまい。

カウンターからは厨房が見える。フライパンを振っているのは三十代くらいの男だ。これが三代目か。私は彼に声をかけた。

「親父さんは、もう店には出ないのかね？」

「あ、はい。今日から家で悠々自適《ゆうゆうじてき》です」

呼びかけられて驚いた様子だったが、返事をしてきた。

「あんた、どこで修業した？」

「修業ってほどのものは、してません。大学を出て商社に勤めてました。でも父が店を続けるのが辛くなってきたというので、仕事を辞めて店を継ぐことにしたんです」

「なんだ。それじゃ素人じゃないか。そんなのでちゃんとやれるのかね？」

「精進します」

「精進ってなあ……まあいい、期待はしてないから」

そう言って水を飲む。

程なくハンバーグが厨房から出てきた。私の分かと思ったら、テーブル席にいる中年男と若い女のところに運ばれていった。何だあれ、不倫カップルか。

中年男はハンバーグを切り分け、口に運ぶ。咀嚼《そしやく》して、小さく頷いた。女もハンバーグを一口、そしてにんまりと微笑む。

ふん、こいつらも貧乏舌か。

それからしばらくして、やっと私のところにも料理が置かれた。たっぷりとデミグラスソースがかかったハンバーグ。付け合わせはマッシュポテトと人参のグラッセ。シンプルなものだ。

どれどれ。早速ハンバーグにナイフを入れた。

その瞬間、あ、駄目だと思った。全然肉汁が流れ出てこない。切り口はひどくぼそぼそとしている。それだけでげんなりした。今どきファミレスのハンバーグだって切れば肉汁が溢れ出してくるものだ。

切り分けたハンバーグを口に運ぶ。意外にも口当たりはいい。見た目ほどぼそぼそとはしていなかった。噛みしめると、じゅわりと肉汁を感じる。

いや、やっぱり駄目だ。切ってすぐに肉汁が出てこないというのは失格だ。

それにこのデミグラスソースもいけない。私はナイフとフォークを投げ出した。

「なっちゃいないな」

店内の客に聞こえるように言った。

「ハンバーグ自体も、デミグラスソースも、前のシェフの味とは比ぶべくもない。素人同然の出来だ。こんなものを料理でございと出してくる度胸だけは買うが、店の将来は見えたね。まあ、こんな味でありがたがる連中もいるんだろうが」

客たちが驚いたような顔で私を見た。自分の舌の拙さを指摘されて、恐れ入ったようだ。

と、若い料理人が厨房から出てきた。図星を指されてうろたえているのかと思ったら、案外平静な顔をしている。

「料理がお気に召しませんでしたか」

「ああ、召さないね。君は父親の名前を汚している。こんなんじゃ何十年続いた店だろうと余命幾ばくもないな」

「失礼ですが、どのあたりがよくなかったのでしょうか。後学のためにお教えいただけませんか」

料理人は下手に出てきた。私に教えを乞うのは悪いことではない。

「じゃあ言うが、このハンバーグは肉汁がない。ナイフを入れたら洪水のように溢れ出てこなきゃ嘘だろう。肉質はそこそこいいが、それを生かしているとも思えない。スパイスの使い方も中途半端だ。ナツメグとかをけちっているだろう。それじゃ刺激がないんだよ。もっといけないのはデミグラスソースだ。先代が作ってきた味はどこに行った？　これじゃ市販のソースのほうがよほど美味い。とにかくこのハンバーグは不慣れな主婦が夕飯におずおずと出してくるレベルだよ。とてもじゃないが金を取れる代物じゃないな」

私は率直に意見を言った。

料理人は小さく頷きながら私の話を聞いている。そして言った。

「なるほど、勉強になりました」

「そう思うなら、もっと美味い料理を作るんだな。それができないうちは、先代に頼み込んで引退を撤回してもらうといい。先週私が食べたハンバーグを、もう一度食べさせてもらいたいものだよ」

「そんなに違いますか」

「当たり前じゃないか。デミグラスソースなんて、月とスッポンの違いがあったぞ」

そう言うと、料理人は言葉を返した。

「うちのデミグラスソースは一週間かけて仕上げます」

「一週間かけようと一ヶ月かけようと、駄目なものは駄目だろう」

「いえ、今日の料理に使っているデミグラスソースは一週間前に仕込んだと言っているのです。つまり、先代が引退する前に。前にお客様に召し上がっていただいたものと同じはずです」

その反論は、私の癇《かん》に障った。

「何を言ってる。たとえ仕込みが先代でも、それを仕上げる腕がなければ駄目になるに決まっているだろうが」

すると料理人は言った。

「先代は腕の力が衰えてきているので、半年前からデミグラスソース作りはしていません。あれは結構力仕事なものですから。お客様が先週もハンバーグを召し上がってくださっているとしたら、そのソースも私が作ったものです」

料理人は落ち着いた口調で言った。

「そ、それは……」

私は、次の言葉を探した。

「ソースはともかくとしてだ、ハンバーグの肉汁は——」

「あれは、見事なものでしたな」

横合いから口を挟んでくる者がいた。例の若い女と一緒にいる中年男だ。

「最近は『肉汁溢れるハンバーグ』なんて表現が流布しすぎていて、どこもかしこもナイフを切ったら滝のように肉汁を流そうとしている。その結果、水っぽくて味わいのないハンバーグばかりになってきました。しかもそれをごまかすために不必要なくらいスパイスを練り込んで。そんなものをみんな、ありがたがって食べている」

「そういう傾向に一石を投じたかったのです」

料理人が言った。

「いい心がけです。しかも料理にはその思いが結実していた。ナイフで切っても肉汁が溢れない。しかし口に入れれば芳醇な味わいで楽しませてくれる。こういうハンバーグにはなかなか出会えませんでした。いや、感服しましたよ」

「な、なんだあんたは⁉」

私は我慢できなくなって、割って入った。

「何を偉そうに言ってるんだ！　料理の味のことなんか何もわかっていないくせに！」

「これは失礼しましたな」

中年男は私に一礼する。

「たしかに私は、味のことなど何ひとつわかっていない朴念仁《ぼくねんじん》です。だからこそ、日々勉強を続けておるのですがね」

「先生、ご謙遜は無用です」

向かいに座っていた若い女が、私を睨みつけた。そして一枚の名刺を差し出した。

「わたし、こういう者です」

名刺には「月刊一皿　編集部　飯綱めぐみ」とあった。

月刊一皿……私の愛読誌だ。さらに女性は言った。

「こちらは弊誌で『美味神髄』を連載されている小島英膳先生です」

「小島……英膳……」

小説家にして現代日本において最高峰の美食家。私の書架にも彼の著作は何冊も並んでいる。

その小島英膳が……。

唖然としたまま動けなくなっている私の前で、小島英膳は料理人に言った。

「本当に料理の修業はされてこなかったのですか」

「料理学校とかには通っていません。ただ子供の頃から料理をすることは好きで、ずっと店を手伝っていました。一時期親父と仲違《なかたが》いして料理からも離れ、勤め人をしていましたが、結局店を継ぐことになりました」

「素敵な判断です。この店はきっとこれからも繁盛していくでしょう。私もまた寄らせていただきますよ」

「ありがとうございます」

「口さがない連中というのは、どこにでもいるものです。そういう雑音など耳を傾けなくてもいい。特に料理中のシェフに訳知り顔で話しかけてくるような輩にはね」

小島英膳が私のほうをちらりと見た。

「くっ……！」

私はそのまま店を飛び出した。二度とあんな店になんか行くものか！

その夜、家に警官がやってきた。私が無銭飲食したと言う。

「あんな不味い店に金なんか払えるか！」

私の主張は、あっさりと無視された。

28 新人警官の災難 ――伏木駅前交番

まだ警察官の制服が体に馴染んでいないような気がした。この感覚は初めて中学の制服を着たとき以来だ。

僕が緊張しているのに気付いたのだろう、巡査長は苦笑しながら、

「まあ、そんなに気を張るな。気楽にやれ」

と言う。

「はい！　わかりました！　気楽にやります！」

僕は精一杯声を張り上げて返事をした。

「しかし巡査長殿、どのようにしたら気楽にやれるのでありましょうか」

「家にいるときみたいにすればいいじゃないか」

「お言葉ですが巡査長殿、家にいるときの自分は本当に怠惰なのであります。そんな態度では警察官としての示しがつきません」

「といって、そんなガチガチでは疲れるだろうが。まあいい。おいおい気の抜きかたを覚えればいいさ。今日は交番勤めの初日だから、緊張するなと言っても無理だろうしな」

巡査長の言うとおりだった。今日が僕の警察官としての第一日目なのだ。

子供の頃からお巡りさんに憧れていた。この制服を着ることが夢だった。厳しく辛い警察学校の訓練を経て、やっと今日、この交番に赴任したのだ。

小さな駅前の交番だった。目の前には商店街が延びている。人通りはそれほど多くないが、寂れてもいない。

「ここの治安はそんなに悪いほうではない。俺が勤務を始めてから凶悪事件は一件も起きていないくらいだ」

巡査長は言った。

「だからといって、暇でもない。たまに厄介なことも起きるから、気を付けてくれよな」

「はい、気を付けます」

そう言ってから、

「でも、厄介なことというのは、どういうことなのでしょうか」

「それはまあ、おいおいわかるさ」

巡査長は意味ありげに言葉を濁した。

「さて、ちょっと巡回に行ってくるか。番を頼むぞ」

「了解しました」

「ひとつだけ、忠告しておく」

自転車に跨がった巡査長が言った。

「いざとなったら、交番の奥にある神棚を拝め」

「はい、神棚を拝みます……って、神棚でありますか⁉」

「そうだ。意外に御利益があるぞ」

そう言って巡査長はペダルを漕ぎ、走り去った。

残された僕は少しばかり心細くなった。

「……いや、いかんいかん」

自分を叱咤して背筋を伸ばす。僕は住民に信頼され安心を約束する警察官でなければならないのだ。そのためには何よりも自分がきちんとしていなければ。だから僕は――。

「もし」

声をかけられた。振り向くと、小柄で品の良さそうな老婆がひとり立っていた。

「どうされました？」

もしかして道に迷ったのだろうかと思った。しかし老婆は言った。

「ちょっとばかり、お願いがありますので」

「どんなことでしょうか」

「その、お腰に付けた拳銃を貸していただけませんかな」

一瞬、何を言われているのかわからなかった。

「拳銃⁉　これですか」

「はい、その拳銃です。お貸しいただけませんか」

「借りて、どうするつもりですか」

我ながら馬鹿なことを訊いたものだ。対する老婆は呑気な口調で、

「たいしたことじゃありませんです。ちょいと銀行強盗でもしようかと」

「……はい？」

「だから、ぎ、ん、こ、う、ご、う、と、う、ですよ」

僕が言葉を理解できないと思ったのか、老婆は一語ずつ区切りながら言った。

「駅西の銀行にたんまり金があるんですわ。あれを頂戴しようかと思いましてな。その拳銃、貸してくださらんか」

「い、いやいやいやいや、それは無理です無理」

「いけませんか」

「当たり前です！　銀行強盗なんて以《もっ》ての外《ほか》です。どうしてそんな恐ろしいことを考えたんですか」

「一度やってみたいと思いまして」

「銀行強盗を？」

「銀行強盗を。そういうことってありますでしょ。お巡りさんだって子供の頃からお巡りさんになりたくて、なったのではありませんかな？」

「それはそうですが……」

「だったらこっちの気持ちもわかってください。銀行強盗させてくださいな」

「いや駄目です。駄目ですって。帰ってください！」

僕は交番の奥に引っ込んだ。しかし老婆は後を追うように中に入ってくる。

「じゃあ銀行強盗はやめます。そのかわり、一度拳銃を撃たせてください。それくらいならいいでしょ？」

「駄目ですってば！」

「人には向けませんから」

「それでも駄目です！　そんなことしたら警察に捕まりますよ」

「お巡りさんが黙っててくれたら、それでいいではないですか。年寄りの頼みです、聞いてやってください」

老婆は縋りつくようにして頼んでくる。

「一度くらい本物の銃を撃ってみたいんですよぉ。お願いしますよぉ」

「駄目だってば！」

圧《お》されるようにして僕は交番の奥に退避した。老婆はそのままついてくる。そして僕の拳銃に手をかけようとする。

「やめてください！　そんなことしたら罪になりますよ。逮捕しなきゃならなくなります」

「そんな固いこと言わんと。ちょっとばかり貸してくれればいいんですから。ほら、手を退けて……この、寄越さんか！」

老婆が怒鳴りはじめた。

「ええい、わからず屋が！　わしが拳銃を撃ちたいと言っておるのだから、素直に撃たせせんかい！　この若造が！　官憲の走狗《そうく》が！　うつけ者があぁっ！」

先程までの品の良さなど、どこかに吹っ飛んでしまった。まるで小さな獣のように老婆はむしゃぶりついてくる。

「やめろっ！　駄目だってば！」

僕は必死に抵抗した。が、そのときはまだ相手が年寄りだからと手加減していたと思う。だから隙があったのかもしれない。その隙を老婆は突いた。気が付いたときには、拳銃は老婆の手の中にあった。

「なかなかと重いもんだわね」

老婆は手にした拳銃を面白そうに眺めている。僕は文字どおり、血の気が退いた。

「お婆さん、それ、返してください。危ないですから！」

「大丈夫だと言っておろうが。ちょっと撃ってみるだけだから……いや、せっかく拳銃が手に入ったのだから、やっぱり銀行強盗をしてみようかね」

「ああ……ちょっと、それ本当に駄目だから」

「その前に一度、練習でもしてみるかね」

そう言うと、老婆は拳銃を僕に向けた。

「ひっ……や、やめて！」

「心配いらん。当たらんように撃つから。と言っても撃つのは初めてだから、もしも当たったら勘弁してな」

老婆は銃の安全装置を外すと、引金に指を掛けた。万事休すだ。僕は後退りしたが、壁にぶち当たった。逃げ道はない。

「お……お助け……！」

思わず両手を合わせた。

「助けてください……！」

そのとき、

「ごめんくださいよ」

不意に声がした。現れたのは、平安時代の狩衣《かりぎぬ》のようなものを着た白髪の老人だった。

「お取り込み中、失礼いたします」

パニックの真っ最中だった僕には、応じる言葉もなかった。本来なら老人に逃げるように指示すべきなのに、そんなこともできずに震えていた。

老人は僕と老婆の状況を見ても顔色ひとつ変える様子もなく、

「なるほど」

と頷くと、老婆に近付いていった。

「あ……あぶな……」

危ないからやめろ、と言いたかった。しかし言葉にならなかった。

「近寄るでない」

老婆は老人に銃を向けた。しかし老人は臆《おく》する様子もない。すっと手を伸ばし、銃口を掌で塞《ふさ》いだ。

「少々、悪ふざけが過ぎるようじゃな」

老人の視線が少しだけ、鋭くなる。すると老婆のほうがきまり悪そうに眼を伏せた。

「だって……」

「言い訳は、後で聞く」

老人は銃身を握り、老婆から拳銃を取り上げた。そしてそれを僕に差し出した。

「どうも、お騒がせして申しわけありませんでしたな」

「………」

僕は声も出なかった。震える手で銃を受け取り、ホルスターに収めるので精一杯だった。

「さ、行こうか」

老人が促すと、老婆は大人しくついていった。

ふたりがいなくなっても、僕はその場から動けないままだった。

それからどれくらい経っただろう。

「おい、どうした？」

気が付くと巡査長が目の前に立っている。

「あ……あ……」

まだ声が出ない。すると巡査長は何かを理解したように頷いた。

「出たんだな」

「……出た？」

「脅かされただろ？」

「……はい。お婆さんが……」

「今度は婆さんになって出てきたか。俺のときは妙に色っぽい女だったが」

「巡査長のとき……って？」

「この交番に初めて勤務するときの、まあ言ってみれば通過儀礼みたいなものだ。前もって言っておかなかったのは、信じないと思ったからだよ。化かされるぞと言っても、嘘だと思うだろ？」

「化かされる……」

「聞いた話では、この交番があったところには昔、狸《たぬき》の住処《すみか》があったそうだ。それを潰された怨みから、今でも交番の警官に悪戯をしかけるんだとさ」

「それって……ではあのお婆さんは……」

「そういうことだ。俺が言ったとおりに拝んで助かったな」

「拝んで……？」

僕は顔を上げた。ちょうど真上に神棚が祀られていた。

そうか、あのとき無意識に神棚を拝んでいたことになるのか。しかし……。

「じゃあ、あのお爺さんは……？」

「神棚を見てみろ。御本尊がいらっしゃる」

僕は背伸びをして神棚を覗き込んだ。祀られているのは、木彫りの狐だった。

「……お稲荷様？」

「この町の守り神だ」

巡査長は言った。

「これからはせいぜい、神棚を拝んでおくことだな。それがこの交番で無事に勤めあげるための一番のしきたりだよ」

29 受け継がれるもの ——伏木稲荷

「ごめんください」

休日午後の居眠りから眼を覚まさせたのは、呼びかける声だった。

玄関の扉を開けると、二十代の女性がひとり立っていた。

「突然お邪魔して申しわけありません。わたし、N大学文学部史学科に在籍する早野美咲と申します」

「はあ……」

いきなり自己紹介されて、面食らってしまう。

「じつはわたし、卒業研究で郷土史について調べておりまして、その一環としてこのあたりの信仰について調査をしております。そういうこと、興味おありですか」

「いや、郷土史とかは特に……」

「でしょうね。わたしの大学でもマイナーな研究分野でして、親からも『どうしてもっと将来役に立つ勉強をしないの。そんなものを研究したって就職できないでしょ』なんて言われてます。まあ、親としてはそういう心配をするのも当然という気はしますが、わたしとしては中学の頃からこうした学問に興味があって、できるなら今後も大学に残って研究を続けたいなと思っているところです」

「なるほど」

頷くしかない。

「それで、私にどんな――」

「そこです。今は郷土史の中でも信仰史について調査研究をしているのですが、じつは最近、興味深い事実に気が付きました。あなたのお宅では稲荷を信仰されてますね？」

「お稲荷さんですか。ええ、まあ」

「稲荷の神棚もある？」

「あります。昔から」

「やはりそうですか」

早野美咲と名乗った女子大生は大きく頷く。

「じつはあなたのお宅だけではなく、この商店街に住んでいる多くの住民が稲荷を信仰しています。これはじつに興味深いことです」

「というと？」

私にとってお稲荷さんは子供の頃から身近なものだから、特にどうとは思わないのだが。

「稲荷信仰は、このあたりのごく限定された地域でしか広まっていない。厳密にいえば、この商店街だけで流布しているようなのです」

「へえ、そうなんですか。商店街の外ではお稲荷さんを祀っていないわけで？」

「そのとおりです。面白いですよね？」

「まあ、面白い話ではありますね。でも――」

「なぜこの商店街のひとたちだけが稲荷を信仰しているのか。わたしは古い文献などに当たって調べてみました。すると、奇妙なことに気が付いたんです」

早野美咲は私の言葉を遮《さえぎ》って話しはじめる。

「そもそもこの商店街は終戦後、焼け野原だったこの地域に建てられたバラックの闇市が始まりです。その前には古い写真館くらいで他には普通の民家と田畑ばかりでした。で、ここが面白いところなんですが、戦前のこの地域には稲荷信仰の痕跡が一切ないんです。つまり稲荷信仰は戦後、この商店街が作られたときに生まれた」

「ほう」

「それには何かのきっかけがあったと思われます。わたしはその点についてさらに調べました。そして、このお宅に辿り着いたわけです」

「……いきなり話が見えなくなりました。この家が、どうしたと？」

「失礼ですが、お宅は今は普通の住宅ですが、これは改築したものですよね？　以前は何をされていたんですか」

「父の代には筆を作って売る商売をしておりました。私が家業を継がなかったので途絶えましたが」

「お父様が戦後、ここに店を構えたわけですよね？　それ以前はどこに住んでいらしたのですか」

「それは聞いたことないなあ。どこなんだろう？」

自分の親ながら、そういうことについては何も知らないのだった。

「じつは、これもわたし、調べました。あなたのお父様は伏見稲荷の近くで筆職人の修業をされていました」

「ああ、そうなんですか」

頷いてから、気が付いた。

「では、もしかして父がここに稲荷信仰を？」

「そうではないかと考えています。それで、その仮説の証拠となるようなものがこちらに残っていないかと思って、お邪魔したわけです」

なるほど、やっと彼女の来訪の理由がわかった。

「お父様からそのようなことについて何か聞いていませんか。あるいはお父様の残されたもので稲荷に関係するものはありませんか」

「どうかなあ、親父は特にそういうことについて話してくれなかったし……ただ」

「ただ？」

「親父の古い持ち物とか書いたものなら、奥の蔵に仕舞ってあります」

「それ、見せていただけませんか」

早野美咲は身を乗り出してくる。

「あ、ええ、別にいいですけど」

彼女を蔵に案内した。

「今は蔵と言ってますけど、以前はここで親父が筆を作っていました。工房みたいなものです」

久しぶりに扉を開ける。埃を被った道具類や書籍が積み上げられていた。

「これは……」

早野美咲は宝の山を見つけた冒険者のように瞳を輝かせている。

「調べさせてもらっていいですか」

「どうぞどうぞ」

私が承諾すると、彼女は飛びかかるようにして収蔵品を調べはじめた。

「じゃあ、私は戻りますので。何かあったら言ってください」

声をかけてもすでに生返事しかしない彼女を残し、私は家に戻った。そして和室に祀ってある稲荷の神棚に手を合わせた。

神棚の隣には父の遺影が飾られている。

「親父、あんたがお稲荷さんを連れてきたのか。それならそうと教えてくれてもよかったのに」

そう呼びかけても、もちろん返事はない。私は居間に入ってテレビを点けた。

再放送の時代劇を観ているとき、鈍い音とかすかな振動を感じた。すわ地震かと身構えたが、どうやらそうではないらしい。音は蔵のほうから聞こえたような気がする。何かあったのかと行ってみた。

蔵の戸口から薄煙のような埃が噴き出している。

「早野さん、大丈夫ですか」

呼びかけながら、中に入る。

薄暗い蔵の中は埃っぽかった。その中に早野美咲が立ち尽くしている。

「やっぱり……」

彼女は呟いていた。

「何があったんで？」

問いかける私に、彼女は蔵の壁の一方を指差した。

「変だと思ってたんです。それぞれの家には神棚がある。そこまで普及していたのに稲荷神社を作らなかったのは何故かと。でも本当は、稲荷神社はあったんです」

指差す先の壁は崩れ落ちていた。いや、開いていた。その奥に赤い鳥居と祭殿がある。その脇には人間くらいの大きさの狐の像が一対据えられていた。

「ここが商店街の稲荷神社です」

「こんなところに……でもどうして、隠していたんですか」

「隠していたんじゃありません。封印していたんです。その力を」

早野美咲が振り返った。その顔付きが一変していた。

「この稲荷大明神には絶大な力があります。伏見稲荷などより遥かに強い力が。あなたの父親はその力を封じ、鎮めるために、ここに秘密の神社を作った」

「あんたは……何者だ？」

「この力を探していたのです。この力を得れば、わたしは世界を思うがままにすることができる！」

彼女は両手を広げた。

「さあ！　稲荷大明神よ、その力を我に託したまえ！」

なんだか、大事《おおごと》になってきた。

「早野さん、なんだかわからないが、そういうのはちょっと待ったほうがいいんではないかな」

「うるさい！　我はこれより生ける大明神として天下に号令するのだ！　有象無象の輩《やから》よ、平伏せ！」

すっかり態度が変わって、横柄な口を利くようになってしまった。若い女性としては、よろしくない。

「しかたがないなあ」

私は彼女の前に立った。

「じゃあ正直に言うけどね、あんたには稲荷の力は授けられないよ。器が小さすぎる」

「器が小さいだと⁉　何をもってそんな――」

「無理なんだよ。私くらいでないと」

少しだけ、力を解放することにした。ほんの少し、眉毛の先を揺らす程度だ。

それだけで彼女の体は吹き飛んだ。あっけなく蔵の外に放り出される。

「うっ⁉」

彼女は自分の身に何が起きたかわからないようで、眼を白黒させていた。

「大丈夫？　痛くないようにしたつもりだけど」

「い、今の、何？」

「早野さん、あんたの推測は間違ってない部分もある」

私は言った。

「この力は相当なものだよ。たしかに全部発揮したら世界なんてあっと言う間にどうかなっちまうかもしれない。だからこそ、力を授かる者にはそれなりの資質っていうかな、そういうものが必要なんだ。残念だけど、あんたにはない。悪いけど力不足だよ」

まだ起き上がれないでいる早野美咲の額に、指を当てた。

「身分不相応な夢は、忘れたほうがいい」

またほんの少し、力を出した。彼女の脳を探り、若干の干渉を施す。一瞬のことだった。

「……あれ？」

早野美咲は、きょとんとした顔になる。

「わたし……どうしたんですか。どうしてここに？」

「道に迷ったんですよ」

私は言った。

「早くお帰りになるといい」

「ああ……そうですか。すみません、お邪魔しました」

彼女は立ち上がり、丁寧に頭を下げると出ていった。

それを見送ると、私は蔵に戻って彼女が開いた壁を元どおりにした。

「まったく、力だけ譲っておいて、肝心のことは何も話してくれなかったもんな。ま、いいけど」

蔵から出ると、私は居間に戻った。テレビが点けっぱなしになっていた。

明日はまた仕事だ。それまでゆっくり休もうと思った。

30 深夜の電話ボックス　——伏木商店街公衆電話

その日は久しぶりに仕事が遅くなって、終電で帰ることになった。

駅を降りたときには、目の前の町はほとんど明かりを消していた。もちろん商店街で開いている店などない。それは予想していたので、電車に乗る前にコンビニで夜食のおにぎりと缶ビール、つまみも少し買っておいた。アパートに帰ったら晩酌をして風呂に入って寝てしまおう。明日もまた仕事がある。

明かりが消えシャッターが降りた商店街はゴーストタウンのようだった。ただ街灯の光だけが路面を寂しく照らしだしている。今日一日の疲労で重くなった足を引きずりながら、家路を急いだ。

私の他に歩いているのは、同じ終電で降りた中年の男性だけだった。彼は私より少し先を歩いている。

ふと見ると、明かりの灯っているところが一ヶ所ある。まだ開いている店があるのか、と思ってよく見てみると、それは店ではなく電話ボックスだった。

こんなところに電話ボックスなんてあったっけ、と不審に思った。いつも通勤で行き来している商店街の中なのに、まるで記憶がなかった。

考えてみれば、電話ボックスなんて使ったことがない。学生時代からすでに携帯電話を持っていたし、そもそも自分の家以外の電話番号なんて覚えてもいなかった。今でもまだ需要があるのだろうか。携帯電話を持たないひととか、うっかり忘れてしまったひととか、バッテリーが切れて使えなくなったひととか、そういう人間しか利用しないだろう。これも過去の遺物というやつだな、と思いながら歩きつづけた。

りりりりり……。

不意に音が鳴り響いた。

りりりりり……りりりりり……。

音は前方から聞こえてくる。見ると、先を歩いていた男性が電話ボックスの前で立ち止まっていた。

りりりりり……りりりりり……。

間違いない。それは電話の呼び出し音だった。でも、公衆電話って掛けるだけじゃなくて、向こうから掛かってもくるものなのか。意外だった。

男性は立ち止まったまま、電話ボックスを見つめている。呼び出し音は鳴りつづけている。

おいまさか、と思う間もなく、男性はボックスの中に入っていった。

受話器を手に取るのが見えた。

私はその光景を見つめながら歩いていた。ボックスがだんだん近付いてくる。中の様子も見える。男性は受話器を耳に当てていた。まさか、何か話しているのか。

やがて、ボックスの真横に来た。そっと中を窺う。

男性は受話器を耳に当てたまま、微笑んでいた。親しい誰かと話しているかのように。

立ち止まって確認したいという欲求を押し殺し、私はそのまま通りすぎた。

あれは何だったのだろう。掛かってきた電話はあの男性の知り合いからのものだったのか。いや、そんなことがあるわけない。あれは公衆電話だ。あの男性がこの時刻に通りかかると知っていなければ、掛けられるわけがない。

振り返って男性の様子を確認したかった。でも、できなかった。私はそのまま歩きつづけ、自分のアパートに到着した。電話ボックスのことは気になったが、晩酌をして風呂に入っているうちに忘れてしまった。

その数日後、また帰りが遅くなった日があった。私は終電で駅に降りた。

その日、私と一緒に降りたのは若い女性だった。すぐ後ろを歩くとあらぬ疑いをかけられそうなので、私はある程度距離を置いて歩くことにした。

女性は商店街の中を足早に歩いていった。私は少し離れて、同じように歩いた。

りりりりり……りりりりり……。

また、あの音がした。

例の電話ボックスだ。

ちょうど女性が前を通りかかったところだった。女性は足を止め、ボックスを見つめていた。

そして、中に入った。

私はなぜか鼓動が大きくなるのを感じながら、ボックスに近付いていった。そして通りすがりに中を覗き込んだ。

受話器を耳に宛《あて》がったまま、女性は泣いていた。

私の鼓動が、さらに激しくなった。女性は子供のようにあけすけに泣きつづけている。

どうしたんですかと訊きたかった。でもできないまま、私はボックスから離れた。

アパートに帰って晩酌をして風呂に入った。でも今度は、電話ボックスのことを忘れられなかった。彼は、彼女は、一体誰と話していたのか。どうして微笑んでいたのか。どうして泣いていたのか。気になってしかたなかった。

次の日、仕事でパソコンを使っている最中、ふと思いついて「深夜　電話ボックス」で検索をかけてみた。予想どおり実話怪談めいた話がいくつか出てきた。

その中に「死者と繋がる電話」という話があった。深夜、たまたま通りかかった電話ボックスから呼び出し音が鳴る。受話器を取ってみると、聞こえてくるのはすでに亡くなってしまったひとの声だった。そしてしばらくの間、懐かしいひとと会話ができるのだという。

これは怖いというより、泣ける話かもしれない。あの男性が微笑んでいたのも、あの女性が泣いていたのも、懐かしい相手と言葉を交わしていたからかもしれない。

自分なら、と思う。自分なら誰と話をしたいか。

答えはひとつしかない。母だ。一昨年、長く苦しめられていた病気のせいで死んでしまった。とても元気で陽気で包容力のあるひとだったけど、死ぬ間際は痩せ細って苦しそうだった。もしも母ともう一度話をすることができるなら……。

その日は早く帰ることができた。まだ人通りのある商店街に、あの電話ボックスはぽつりと立っていた。私が近付いても電話は鳴らない。中で電話を掛けているひともいなかった。

その気になれば、深夜にアパートを出て商店街に行き、電話ボックスの前で電話が鳴るのを待つこともできた。しかしそれでは電話は掛かってこないような気がした。あくまで偶然あのボックスの前を通りかかったときにしか掛かってこない。そんな気がしたのだ。

だから二週間後、残業で帰りが遅くなるとわかった日は、内心「よし」と思った。今日、挑戦してみよう、と。

その日も終電になった。駅に降りたのは、私ひとりだった。これも好都合だ。

期待に心を躍らせながら、無人の商店街を歩いた。先のほうに電話ボックスの照明が見える。もうすぐだ。

呼び出し音は、聞こえない。

無意識に歩みが遅くなった。早く鳴れ。

電話ボックスはいつもどおり、明かりを灯して立っている。静かなままだった。

鳴るまで待ってみようかと思ったが、それはルール違反のような気がした。今日は駄目だったんだ。失望を感じながら通りすぎた。

りりりりり……。

瞬間、背筋に電気が走った。

りりりりり……りりりりり……。

急いで引き返し、電話ボックスの扉を開けた。

電話機がけたたましく音を立てていた。すぐに受話器を手に取る。

「もしもし？」

何の応答もなかった。

「もしもし？　もしもし？」

無音のままだ。

「もしもし？　誰？　母さん？」

受話器に向かって呼びかけた。

「母さんなら返事してよ。ねえ、母さん！」

そのとき、受話器から聞こえてきたのは……。


そこで卓也が言葉を切った。

「……何だよ、その後、どうなったんだよ？」

俺は我慢できずに問いかけた。

――どうなったと思う？

卓也は意味ありげな表情で訊き返してくる。

「だから、おまえの母親の声が聞こえてきたんじゃないの？　違うのか」

――違うよ。

卓也はあっさりと言う。

――だって、俺のおふくろ、死んでないもの。故郷でぴんぴんしてる。

「何だよ。もしかして今の、作り話か」

——半分は、そうだ。でも夜中に商店街の公衆電話が鳴って、知らない男が電話に出たってのは本当。俺はそれを見た。

「で、誰が電話をしてきたんだ？」

——知らないよ。でも電話に出た男は、何か熱心に話してた。それが不思議でね。で、その先の話は自分で創作した。

「どうせ作り話するならさ、落ちまで考えろよ」

——しかたないよ。俺にはそんな文才ないんだからさ。

卓也は笑った。俺も笑う。

——そろそろ時間だ。久しぶりに話ができて、嬉しかったよ。

「俺もだ。じゃあな」

——じゃあ、また。

俺は受話器を下ろした。

電話ボックスを出る。商店街は真っ暗だ。誰ひとりいない。さあ、帰るか。

歩きだした。そしてそのとき、不意に思い出した。

卓也は三年前に死んでいたのだった。

31 記憶 ——思い出屋

五十年ぶりに訪れた故郷は、すっかり荒れ果てていた。

見渡すかぎり、廃墟が連なっている。人の気配はもちろんない。鳥や雀といった人里を好む鳥たちの姿も消えていた。

無人地帯《ノーマンズランド》……そんな言葉が頭に浮かぶ。

砂埃舞う道路を、俺はゆっくり歩きだした。

記憶をまさぐり、当時の面影を重ねてみる。どこかずれているような、しかし合致しているような、奇妙な感覚だった。それが記憶の風化によるものか、それとも現実の経時変化によるものか、よくわからない。この違和感は、ずっと俺にまとわり続けた。

やがて駅に出る。錆び付いた線路と切れた架線、プラットホームもところどころ崩れていた。

五十年前には電車が行き来し、乗客もひっきりなしに出入りしていたのに。

そして駅前には、あの商店街が広がっていた。

「ああ……」

思わず懐旧の溜息を洩らす。子供の頃、俺はこの商店街を遊び場にしていた。友達と駆け回り、

買い食いをして、夕飯の時刻まで遊んだ。

一軒一軒、商店街の中を確かめるように歩いた。どの店もシャッターを下ろし、朽ちた看板を晒していた。聞こえてくるのは風の音だけ。当時の喧騒は跡形もなく消えていた。

歩いているうちに耐えがたいほどの悲しみが襲ってきた。どうしてこんなことになってしまったのか。何がいけなかったのか。これまで何度も自分に問いかけ、答えの得られなかった問いを、また自分に投げかけた。

そのとき、視界の隅に動くものを感じた。咄嗟にそちらへ眼を向ける。まさか、見つかってしまったのか。

路地を何かが駆け抜けていく。幸いにも人間ではなかった。野良猫か。いや、それにしては……。

逡巡する間もなく、その影は路地の向こうに消えた。

俺は無意識に、その後を追っていた。猫だか犬だかわからないが、ここに住み着いているのかもしれない。だとしたら、ここはそんなに危険ではないのかも。とにかく、追ってみたかった。

路地は狭く、俺ひとりがやっと抜けられる程度だった。そういえば子供の頃、こんな路地を友達と追っかけっこしていた。ここが、あのときの路地か。

記憶が甦ってくる。この路地の突き当たりに何かがあった。何かの建物が。それがなんだったのかは知らなかったが。

そんなことを思い出しながら先へと進む。朽ち果てて窓ガラスも割れた家々が続く中、さらにその先へと進むと、不意に広い場所に出た。

記憶どおりだった。そこにあったのは小さな一軒家だった。

俺はその家の前に立ち竦《すく》んだ。

つやつやと輝く瓦屋根、磨き上げられた窓ガラス、そしてきれいに掃き清められた玄関先。

他の建物がすべて老朽化し半ば崩れ落ちているのに、その家だけは今でも人が住んでいるかのように手入れされていた。

「まさか……」

俺は半ば啞然としながら、家の玄関を見た。表札の代わりに、こんな看板が掛けられていた。

思い出屋　御自由にお入りください

当惑しながらも、俺は誘惑に勝てなかった。手を伸ばし、その家の扉を開けた。

中には明かりが灯っていた。すぐに眼についたのは、正面にある書棚だ。壁一面、天井までぎっしりと本が並べられている。

書棚に近付いた。どれも立派な装訂が施された重そうな本だ。しかし背表紙には何も書かれていない。

手を伸ばし、その一冊を広げてみた。

「……何だこれは？」

書かれているのは、見たこともない文字、いや、文字のようなものだった。

他の本を開いてみても、やはり同じような文字もどきが記されているだけだった。その次の本も、そのまた次の本も、同じだ。

「これは一体、何だっていうん——」

「記録《アーカイブ》ですよ」

不意の声に、飛び上がりそうになる。

いつの間にか、室内にひとりの人物がいた。

「驚かせてしまって申しわけありません。あなたが熱心に読んでいるので、もしかしてこの文字が理解できる方なのかと思いまして」

小柄な男性だった。年齢はよくわからない。ダークグレイのスーツを着て、同じ色合いの山高帽を被っている。丸縁のサングラスに灰色の髭、手には白い手袋を嵌《は》めて磨き上げた革靴を履いている。一見すると洒落者の紳士のようだった。

「あんた……誰だ？」

思わず問いかけた。

「私ですか。そうですねえ……なんとお返事したらいいのか……」

勿体ぶるような口調で、男性は言った。

「まあ、この店の店主といえば理解していただけますかな」

「店……何の店なんだ？」

「おや、表の看板をご覧になりませんでしたか。ここは思い出屋ですよ」

「思い出屋？　何の店だ？」

「だから、思い出です。思い出を売買しているのですよ」

「……言っている意味が、よくわからない。そもそもどうしてあんたは、ここにいるんだ？　ここは立入禁止区域だぞ」

「了解しておりますよ。あなたがその禁を破ってここにいらしたことも」

返す言葉がなかった。たしかに俺も法令に違反している身だ。

「失礼ですが、あなたはどうしてここにいらしたのですか。かなりの覚悟がおありと見受けられますが」

「覚悟……そんなものはない。ただ俺は、見たかったんだ。ここの景色を。ここの今を」

「それは、嘘ですね」

男性は言った。

「あなたは『今』など見たいとは思っていない。あなたがご覧になりたいのは『あの頃』でしょう？　あなたが幼い頃、まだ人がいて、活気があった頃のここの景色を見たかった」

「それは……でも、そんなこと無理に決まっているだろうが」

俺は絞り出すように言った。俺の知っているこの町は、この商店街は、消えてしまった。あの恐ろしい災害の後、ここは事実上消滅してしまったのだ。

「無理ではありませんよ」

男性は胸元のネクタイを直しながら、

「そういう方のために、この店はあるのです。私ならあなたのために、あの頃の景色をご覧に入れることができます」

「見せるって、どうやって？」

「この本を使って」

男性は書棚から一冊の本を取り出した。

「この本一冊一冊に、商店街に住んでいたひとの、存在していた店の、起きた出来事の記録を圧縮して封じてあります。それを解凍してやれば、あなたが記憶している町をそのまま再現できます」

「そんなことが、本当にできるのか」

「ええ、できます。もちろん、お代はいただきますが」

「いくらだ？」

「金ではありません。いただきたいのは、あなたご自身です」

「俺？　俺の命でも欲しいというのか。ならばくれてやってもいいぞ。ただし、ほんの少ししか残っていないがな」

余命半年と医者に言われたからこそ、ここにやってきたのだ。もう命の危険がどうのと気にする必要もないのだから。

「それも違います」

男性は苦笑する。

「私が欲しいのはあなたという人物の記憶です。ここに加える一冊とするために」

「俺の記憶をアーカイブするってわけか。つまり俺は、ここにある記録の一部になるわけだな」

「理解が早いですね。そのとおりです」

「面白い。いや、むしろそれは俺の望むところだ」

俺は言った。

「ここを離れてからの俺は、自分を失くしたも同然だった。生きているのに生きている気がしなかった。思いはいつも、ここにあった。あの災害の日、避難するときに自分の大事なものを全部ここに置いてきてしまったからだ。それを取り戻せるなら、人間としての自分なんぞに未練はない。好きにしてくれ」

「取引成立ということでよろしいですね。ありがとうございます。では早速」

男性は部屋の奥に引っ込むと、しばらくして大きな機械を引っ張り出してきた。人間ひとりが入れそうなカプセルに様々な計器がくっついた、奇妙なものだ。

「この中にお入りください」

指示されたとおり、俺はカプセルの中に入った。

すると男性は俺に一冊の本を手渡した。

「この本にはまだ何も記録されておりません」

彼が言うとおり、開いたページは白紙だった。

「ここにあなたの記憶を記録させていただきます。まずはここに」

と、万年筆を渡され、本の一ページ目を示された。

「ここに、あなたのご署名をお願いします」

俺は躊躇《ためら》うことなく、そのページに自分の名前を書いた。

「……何だこれは？」

自分の名前を書いたつもりなのに、ページに記されたのは例の奇妙な文字だった。

「お気になさらないでください。本に記録できる形に翻訳しただけですから。動作は良好のようです。では、その本を両手でお持ちください」

言われるまま、俺は本を手に取った。

「痛みも何もありません。その点はご安心を」

男性はカプセルの蓋を閉めようとした。

「最後にひとつ、訊かせてくれ」

俺は言った。

「あんたは、何者だ？」

「私はこの地に住み着いた者です」

男性は言った。

「別の地から移されてきました。そしてこの商店街に広まりました。ここに住んでいた方々には、よくしてもらいましたよ。今こんな仕事をしているのは、そのときのお礼みたいなものです。私にとっても心地よかった時代の記憶を、ここに留めておきたいのですよ」

「今ひとつ、要領を得ない話だ」

「あなたもご存知だったのではありませんか。この商店街のみんなは、私のことを信心してくれていましたよ」

「信心……それって、まさか」

答える代わりに男性はカプセルの蓋を閉めた。完全に閉まる前に、男性の姿が歪んで変わるのが見えた。人間ではない、四本足の茶色い生き物だ。

「狐……お稲荷さん」

言葉にした瞬間、闇に覆われた。


一気に明るくなった。俺は眩《まぶ》しさに眼を細めた。

気が付くと、商店街の真ん中に立っていた。

花屋がある。魚屋がある。本屋がある。薬屋も。揚げ物の美味しそうな匂いがした。

活気にあふれた商店街を、人々が行き来していた。

「おーい」

呼ぶ声がした。友達の声だ。

「おーい」

俺も声をあげた。

そして駆けだした。

遊ぼう。夕飯の時刻まで。

太田忠司（おおた・ただし）

一九五九年、愛知県生まれ。八一年、「星新一ショートショート・コンテスト」で「帰郷」が優秀作に選ばれる。九〇年、『僕の殺人』を上梓し、専業作家となる。著書に『奇談蒐集家』（東京創元社）『目白台サイドキック』シリーズ（角川書店）『幻影のマイコ』（祥伝社）など。ショートショート作品に、『帰郷』（幻冬舎）『星町の物語』『星空博物館』（どちらもＰＨＰ）など。

伏木《ふしぎ》商店街《しょうてんがい》の不思議《ふしぎ》

二〇一五年七月二〇日初版印刷
二〇一五年七月三〇日初版発行

著者　太田《おおた》忠司《ただし》
発行者　小野寺優
発行所　株式会社河出書房新社
〒一五一-〇〇五一　東京都渋谷区千駄ヶ谷二-三二-二
電話　〇三-三四〇四-一二〇一（営業）
〇三-三四〇四-八六一一（編集）
http://www.kawade.co.jp/

本文組版　KAWADE DTP WORKS
印刷　株式会社亨有堂印刷所
製本　小泉製本株式会社

Printed in Japan　ISBN978-4-309-02392-2

《戦力外捜査官》シリーズ

似鳥鶏

推理だけは超一流のドジっ娘メガネ美少女警部と
お守役の設楽刑事の凸凹コンビが難事件に挑む！

戦力外捜査官　姫デカ・海月千波
神様の値段　戦力外捜査官2
ゼロの日に叫ぶ　戦力外捜査官3

小川洋子の陶酔短篇箱

小川洋子 編著

短篇と短篇が出会うことでそこに光が瞬き、
どこからともなく思いがけない世界が浮かび上がって見えてくる。
魅惑の16本と小川洋子のエッセイが奏でる
究極の小説アンソロジー集！